천 ...
회귀하다

천재 셰프 회귀하다 6

2024년 5월 10일 초판 1쇄 인쇄
2024년 5월 16일 초판 1쇄 발행

지은이 신사
발행인 김관영

기획 박경무 강민구 임동관 조익현 최시준 신정윤
책임편집 백승미
마케팅지원 유형일 장민정

발행처 (주)로크미디어
출판등록 2003년 3월 24일
주소 서울시 마포구 마포대로 45 일진빌딩 6층
Tel (02)3273-5135 **Fax** (02)3273-5134
홈페이지 rokmedia.com **E-mail** rokmedia@empas.com

© 신사, 2024

값 9,000원

ISBN 979-11-408-2150-1 (6권)
ISBN 979-11-408-2144-0 04810 (세트)

신사 현대 판타지 장편소설

천재셰프 회귀하다

6

Contents

손수 (2)

[퓨전 한식 파인다이닝, 김도진. 그의 가능성에 대해. (2부)]

김도진 셰프는 젊은 기백이 있는 셰프였다. 한국에서는 보기 드물게 일찍이 이 실전에 뛰어들었고, 정말 이례적으로 이 열아홉 살이라는 나이에 파인다이닝의 오너 셰프에 이르기까지. 도저히 필자가 예상할 수 없는 인물이었고, 인터뷰 또한 놀라움의 연속이었다.

"많은 분들에게 한식에 대한 새로운, 의미 있는 경험을 나누고 싶었어요."

최근 많은 이들의 주목을 받은 그의 파인다이닝에 대해 물어

보니 돌아온 답이었다.

이렇듯 자신이 느낀 것을 토대로 다시금 새로운 경험을 만들어 끊임없이 다른 이들과 나누고자 하는 김도진 셰프를 안국역 부근에 위치한 그의 파인다이닝, '손 수(手, Son Su)'에서 만나 보았다.

Q. 어린 나이에 학교를 자퇴하고 하고 싶은 일을 하는 것에 대하여.

사실 부모님이 정말 걱정을 많이 하셨다. 하지만 서바이벌 프로그램과 아틀리에 등으로 나의 능력을 끊임없이 증명해 냈고, 내 꿈에 대한 확신을 드렸기 때문에 결국은 믿어 주신 것 같다.

한국에서는 빠른 것이 맞지만, 외국의 경우에는 학교를 자퇴할 수 있는 나이인 열여섯 살부터 요리를 시작하는 경우가 많다. 그렇기에 스물다섯 살만 되어도 경력이 10년인 사람이 수두룩하다.

물론 좋은 기회로 이렇게 나의 파인다이닝을 오픈하게 된 것은 모든 걸 따져 보아도 이른 게 확실하지만, 이 기회를 놓치지 않으려고 수없이 노력해 왔기 때문에 '손 수(手, Son SU)'를 찾는 모든 분께 좋은 경험을 드리고 싶다.

Q. 손 수(手, Son Su)'에는 메뉴판이 없다던데.

단일 코스로 처음에 건네는 메뉴판은 따로 없고, 대신 개인용 메뉴 카드가 있다. 메뉴가 나올 때 메뉴에 대한 설명을 서버가 하지만, 혹시 설명을 놓치거나 하더라도 카드를 보면 알 수 있다.

천재셰프
회귀하다

한쪽 면에는 한국어로, 다른 한쪽 면에는 영어로 적어 두어 외국 손님들의 편의를 생각하기도 했다.

Q. 왜 이런 방식을 사용하나.

양식처럼 보이지만 이것은 사실 한국의 요리다. 가비가 위치한 곳이 관광객들도 많이 오는 경복궁과 가깝기 때문에 벌써부터 외국 손님들의 예약도 몇 있다.

이곳에서 한식을 경험한 사람들은 각자의 나라로 돌아가 그 경험을 바탕으로 한식을 설명할 것이다. 그들에게 조금 낯설지만 어쩐지 친숙한 느낌으로 한식에 대한 이미지를 주고 싶었다.

Q. 스스로에게 점수를 준다면?

새로운 길을 개척하고 있는 것에 좋은 점수를 주고 싶다. 사실 이런 퓨전 한식, 그러니까 모던 코리안 레스토랑이 주목받은 일이 거의 없다 보니 참고할 만한 선례가 거의 없었다.

손 수(手, Son Su)'가 이렇게 차곡차곡 쌓아 온 과정을 보고 후배 셰프들이 영감을 얻었으면 좋겠다.

Q. 셰프 김도진의 다음은 무엇인가.

과거에도, 현재에도, 그리고 미래에도 나의 목표는 더 많은 손님들에게 내가 경험한 것을 또 다른 경험으로 만들어 잊지 못할 추억을 만들어 드리고 싶다는 것이다. 앞으로도 셰프 김도진과 손 수(手, Son SU)'는 부지런히 변할 예정이다. 고객에게는 늘 새로운 만족을, 젊은 셰프들에게는 좋은 선례가 되도록 노력하면서 말이다.

그러기 위해서는 함께 일하는 동료들에게 새로운 것을 경험하고 성장할 수 있는 환경을 만들어 주어야 한다고 생각한다. 지금 주목이 손 수(手, Son Su)'와 김도진에게만 집중되는 것이 아니라, 함께 팀을 이루는 동료들과 그 가족들에게도 전달되었으면 한다.

빠른 속도로 쉬지 않고 손을 움직이던 김재혁이 드디어 마지막 마침표를 찍으며 드디어 키보드 위에서 손을 뗐다.

그리고 몇 번의 달각거리는 소리를 끝으로 드디어 자리에서 일어난 그는 허리를 쭉 폈다.

"어우, 허리야."

오랜만에 긴 글을 쓰느라 한참 동안 자리에 앉아 있던 김재혁의 허리에선 '우드득- 우드득.'거리며 뼈가 맞춰지는 소리가 났다.

일을 끝마친 그는 콧노래를 흥얼거리며 잠자리에 들 준비를 하기 시작했고.

다음 날.

자신의 칼럼이 얼마나 화제를 모을지에 대해서는 예상하지 못했다.

김재혁이 올린 칼럼의 2부는 큰 호응을 얻을 수 있었다.

그 호응은 단연 김도진을 주목하는 이들로 인해 점진적으로 커졌다고 할 수 있었다.

처음은 그저 칼럼의 1부를 본 이들이 2부를 기다리는 것으로 시작했다.

그리고 이내, 김도진의 팬들에게도 칼럼의 소식이 퍼지고, 그에게 관심이 있던 이들은 물론이고, 새로운 파인다이닝의 등장을 반기는 미식가들 사이에서도 소문이 퍼지기 시작했다.

사실 도진의 스토리는 누구나 흥미를 끌 법했다.

아직 성년이 채 되지도 못한 나이에 빠르게 꿈을 선택해 투자를 받아 자신의 가게를 차리기까지.

쉽지 않은 일을 고작 1년 안팎의 시간에 해낸 도진의 이야기는 많은 이들의 관심을 받을 수밖에 없었고, 그 관심은 과거 도진이 출연했던 방송들은 물론 이전에 도진이 나왔던 대회나 그의 학교생활, 그리고 가정환경 등에도 쏠리기 시작했다.

그 덕에 도진의 부모님이 하는 가게에도 관심이 쏠려 한동안은 문의 전화에 정신없는 나날을 보낼 정도였다.

그리고.

그 관심은 국내에서 그치지 않았다.

이탈리아의 경제적 수도라고 불릴 정도로 이탈리아의 최대 경제 중심지인 밀라노.

이곳에서도 도진의 인터뷰를 흥미롭게 읽고 있는 이가 있었다.

"이거 봐, 제이미. 이 친구 정말 재미있는 것 같아."

"오, 뭐야. 이 알 수 없는 글씨들은? 자네의 모국어인가?"

"맞지, 참. 얼마 전에 다녀와서 나도 모르게 그냥 보여 줬네."

밀라노 어느 호텔 안의 파인다이닝.

모던한 인테리어가 눈에 띄는 이곳은 이탈리아의 유일한 퓨전 한식 파인다이닝인 '*트라디지오네(*Tradizione:전통을 뜻하는 이탈리아어)'였다.

가게 내부에는 곳곳에 한국적인 느낌이 물씬 나는 장식품들이 놓여 있었고 그 주방의 중심에 서 있는 것은 다름 아닌 김선웅이었다.

이곳은 김선웅이 투자를 받아 호텔 내에서 운영하고 있는 그의 모던 한식 파인다이닝이었다.

김선웅은 도진의 인터뷰를 읽으며 지난 한국 방문의 기억을 떠올렸다.

'생각지도 못한 일이었지.'

자신이 가게를 옮기거나, 새롭게 레스토랑을 차릴 때면 언제나 찾아와 주던 김우진과의 인연은 생각보다 오래되었다.

미식을 즐기는 김우진이 이탈리아에 방문하게 될 때면 김선웅은 종종 그를 데리고 밀라노에 새로 생긴 맛집이나, 이탈리아 곳곳에 새롭게 떠오르는 셰프들의 파인다이닝에 데리고 가곤 했다.

열 살 이상의 차이가 나는 두 사람이었기에 김선웅은 김우진을 마냥 어린 동생으로 바라보곤 했다.

그랬던 그가 자신이 한국에 방문한다고 하니, 꼭 데리고 가고 싶은 곳이 있다며 말을 꺼냈다는 것은 새삼스러운 일이었다.

그렇게 도착한 곳이 바로 도진의 파인다이닝이었다.

처음 그곳에 도착했을 때는 의문밖에 들지 않았다.

"여기가 어딘데요?"

"이번에 새로 오픈하게 된 퓨전 한식 파인다이닝입니다."

"그런데 간판도 없어요?"

"제작이 조금 늦어졌다고 하더군요. 아직 정식 오픈을 하기 전이고, 오늘은 지인들을 초대한 시식회 자리입니다."

그는 김우진의 말에 조금 놀란 눈치였다.

'오픈하기도 전에 이렇게 시식회를 하다니.'

쉽지 않은 일이었다.

파인다이닝은 가장 좋은 재료의 가장 좋은 부분만 사용한다고 해도 과언이 아닐 정도였기에 이렇게 하루치 재룟값만

하더라도 큰 금액이 들 것이 분명했다.

그런데 이런 시식회를 열다니.

'돈이 상당히 많은 투자자를 잘 구했나 보군. 이렇게 시식회를 열 정도면 실력도 충분할 테고.'

김선웅은 안내받은 자리에 앉으며 작은 기대를 품었다.

식사를 시작하기 전 메뉴 카드를 받아 들고는 조금 놀란 채 카드를 바라보기도 했다.

"한국의 파인다이닝도 몇 번 방문해 보았지만, 이렇게 카드로 메뉴를 주는 건 또 처음이네요."

"그렇죠? 외국 파인다이닝에서는 몇몇이 이렇게 제공해 주는 걸 알고 있었는데, 저도 한국에서는 이 셰프님이 처음입니다."

이윽고 식사가 시작된 후.

적절하게 섞인 한식과 프렌치의 조합에 김선웅은 작게 감탄하며 음식들을 음미했다.

준비된 커트러리는 물론 식기류, 그리고 홀 서버의 복장까지 모든 것이 정갈한 한옥의 멋을 살린 가게의 공간과 너무나도 잘 어울렸다.

무엇보다 가장 인상 깊었던 것은 다름 아닌 플레이팅과, 한국의 식재료를 적절하게 사용한 그 조화로움이었다.

'어떻게 이렇게 할 수가 있지? 상당한 내공이 있는 사람인 게 분명해.'

천재셰프
회귀하다

그렇게 생각했다.

　만족스러운 얼굴로 식사를 마친 김선웅은 김우진에게 감사의 인사를 건넬 수밖에 없었다.

　그가 아니었다면 분명 이런 곳이 있는 줄도, 그리고 오늘 이렇게 운이 좋게 시식회에 참석할 수도 없었을 터였기 때문이다.

　"덕분에 이런 곳도 와 볼 수 있었네요. 다음에 정식으로 오픈을 하게 되면 한 번 더 와 보고 싶어질 정도입니다."

　그런 김선웅의 말에 김우진은 눈에 띄게 밝은 얼굴로 대답했다.

　"그거 정말 다행입니다. 제가 참 좋아하는 셰프입니다. 나이가 어린 데도 불구하고 실력이 정말 훌륭하거든요. 본인의 일에 대한 프라우드도 상당하고……."

　신이 나서 말하는 김우진의 모습에 김선웅은 웃음을 터트릴 수밖에 없었다.

　이후 커피를 마시러 가서도 한참을 도진의 파인다이닝과 그곳의 요리에 관해서 얘기를 나눈 뒤.

　한국에서의 일정을 모두 소화하고 다시금 이탈리아로 돌아가기 위해 공항에서 항공편을 기다리고 있던 김선웅은 자신을 배웅하기 위해 나와 준 김우진에게 조심스럽게 물어볼 수밖에 없었다.

　"혹시 그 셰프에게 개인적으로 연락할 방법이 있습니까?"

"네?"

"그냥, 개인적으로 좀 궁금해져서 연락해 보고 싶네요."

"아, 그럼······. 제가 그 친구에게 물어본 뒤 따로 연락드리도록 하겠습니다."

그렇게 이탈리아로 돌아온 그는 한국의 포털 사이트를 통해 '김도진'이라는 셰프에 대해 찾아보기 시작했고.

서바이벌 국민셰프와 청춘 셰프, 그리고 그에 관한 다큐멘터리를 지나 김재혁의 인터뷰까지 도달할 수 있었다.

며칠을 그렇게 도진에 대해 찾아보고 있었을까?

날이 가면 갈수록 '김도진'에 대해 궁금한 것이 많아진 김선웅은······.

-Woojin Kim : 김도진 셰프의 이메일 주소입니다. 제가 간단하게 설명은 해 뒀으니 아래 주소로 연락하시면 됩니다.

드디어 온 김우진의 연락이 그렇게 반가울 수 없었다.

한편 도진은 갑작스럽게 전화한 김우진의 물음에 놀랄 수밖에 없었다.

-도진 씨, 영어 잘합니까?

"네? 갑자기 그게 무슨……."

김우진은 한껏 흥분한 듯 들뜬 목소리로 말을 쏟아 냈다.

─아, 어차피 시차 때문에 실시간으로 연락하는 건 좀 무리가 있으니, 그래…… 이메일 정도면 괜찮을 것 같네요. 그건 번역기도 돌릴 수 있고. 이메일 주소가 뭡니까?

숨도 쉬지 않고 말하는 듯한 그의 모습이 낯설었던 도진은 이해할 수 없다는 목소리로 되물었다.

"갑자기 이메일 주소는 왜요?"

─아 그게……. 제가 지난 시식회에 데려가고 싶다는 셰프님 기억나시나요?

그제야 조금은 진정한 듯한 김우진은 김선웅에 대해 이야기하며 그가 도진과 대화를 해 보고 싶다며, 연락할 방도가 있냐며 물었다는 사실을 전했고.

도진은 그 말에 흔쾌히 자신의 이메일 주소를 알려 주었다.

그리고 며칠 뒤.

잔뜩 쌓여 있는 스팸 메일 사이로 도진은 당황스러운 제목의 메일 하나를 발견할 수 있었다.

[제목] 김도진 씨 보십시오.

[보낸 이] Sunwoong Kim

흡사 결투장과도 같은 제목이었다.

인연의 시작

김선웅은 무려 25년 가까이 외국에서 살았다.

그는 처음 공부를 위해 왔던 곳에서 평생을 살게 될 줄은 꿈에도 몰랐다.

심지어는 원래 하려고 했던 일과는 전혀 다른 일을 하며 이곳에 눌러앉게 될 줄이야.

사람 일이라는 게 정말 어떻게 될지 모를 일이었다.

이제는 이곳에서 만나 결혼한 아내와 사랑스러운 두 자녀가 있었고, 번듯한 직장까지 있었다.

비록 부모님은 일찍이 세상을 등지고 더 이상 한국에 연고가 없다지만, 그가 한 번씩 한국을 찾는 이유는 그곳이 바로 모국(母國)이었기 때문이다.

이제는 한국말도 많이 잊었고, 그로 인해 한국에서도 거의 대부분의 대화를 영어로 해야만 했지만…….

성인이 되기 전까지 그리운 추억들이 남아 있는 곳이었고, 그가 한국을 찾을 때면 여전히 그를 반겨 주는 친구들이 남아 있었다.

일이며 가족들과의 시간을 보내는 것으로 바빠 매해 찾아갈 수는 없더라도, 머리를 비우고 싶을 때나 큰 결정이 있을 때면 한국을 찾곤 했다.

이번에도 그가 한국을 방문하게 된 것은 다름 아닌 고민이 있었기 때문이었다.

"자네는 호텔 파인다이닝이 아니라 나와서 따로 차리는 게 훨씬 좋을 것 같네."

종종 그의 요리를 찾아 주던 호텔의 투숙객이 한 말이었다.

그는 꽤 유명한 사업가였고, 그에게 투자해 줄 테니 자신의 파인다이닝을 차릴 생각이 없냐고 물었다.

김선웅은 그의 말에 너무나 감사한 마음이 앞섰다.

자신의 요리를, 그리고 노력과 능력을 알아봐 주었기에 그런 제안을 했다고 생각했기 때문이다.

게다가 그가 투자하겠다고 한 금액은 적지 않은 금액이었다.

너무 좋은 조건이었기에 그는 고민할 수밖에 없었다.

지금은 호텔 내에 있는 파인다이닝이었기에 그가 하는 요리는 한정적일 수밖에 없었다.

모던 한식, 퓨전 한식을 표방한다고는 하지만 아무래도 외국이었고 한식을 접할 기회가 흔치 않았기 때문에 파인다이닝을 찾는 이들에게 불호가 될까 싶어 조심스러움이 컸다.

그러다 보니 자연스럽게 한식의 느낌보다는 유러피안 다이닝이 될 수밖에 없었다.

'확실히 호텔에서 나와서 내 가게를 차리게 된다면 좀 더 자유롭게 요리를 할 수 있겠지.'

하지만 그렇게 쉬이 결정할 수는 없는 일이었다.

만약 호텔에서 나와 파인다이닝을 차리게 된다면 후임이 될 셰프를 구하거나 지금의 가게를 누군가에게 인수해야만 했다.

그리고 새로운 파인다이닝을 준비하기까지의 과정 동안 많은 시간과 비용이 들 것이고 그것은 오롯이 김선웅이 감내해야만 할 일이었다.

하지만 그는 책임져야 할 가족들이 있었고, 그로 인해 쉬이 안정적인 이 삶을 포기할 용기가 나지 않았다.

지금의 파인다이닝은 이미 미슐랭의 별까지 받아 꾸준히 유지하고 있는 덕에 호텔 내의 손님들은 물론 외부의 손님들까지 꾸준히 방문 예약을 할 정도로 호황이었다.

혼자 나가 파인다이닝을 차린다고 했을 때 과연 이만큼의

성과를 얻을 수 있을지 알 수 없었다.

　모든 것이 도전이 되는 과정이었다.

　열어 보기 전까지는 이것이 성공일지, 실패일지 알 수 없는 것이었다.

　하지만.

　이번 한국을 방문하고, 김우진과 함께 식사를 하게 된 파인다이닝에서 김선웅은 처음 요리를 시작했을 때를 떠올릴 수 있었다.

　그리고 젊었던, 열정이 넘치던 어린 날의 자신이 하고 싶었던 요리에 대해서 떠올릴 수 있었다.

　'지금보다 더 과감하게 한식이 섞인 메뉴를 선보이고 싶었지. 이런 향 첨가 수준의 한식이 아니라.'

　그곳의 요리에는 김선웅의 요리에서는 더 이상 찾아보기 힘든 실험 정신이 담겨 있었다.

　식사 후 김선웅은 도무지 참을 수 없는 궁금증에 그 파인다이닝에 대해서 물어볼 수밖에 없었다.

　"도대체 그곳의 헤드 셰프는 뭐 하는 사람입니까?"

　김선웅이 영어로 물어보자 김우진도 자연스럽게 영어로 대답하는 그의 얼굴에는 웃음이 가득했다.

　"언제쯤 물어보시나 했어요."

　김선웅의 물음을 기다렸던 사람처럼 신이 난 김우진은 그에게 흥미진진한 눈빛으로 질문을 던졌다.

"가장 먼저, 셰프님은 그 요리들을 만든 사람의 나이가 몇 살일 것 같나요?"

"음, 나와 비슷하거나 조금 더 어릴 것 같습니다. 요리의 스킬 자체도 전체적으로 훌륭한데, 플레이팅에서도 많은 경험이 드러났어요. 하지만 전체적으로 도전적인 느낌이 강한 메뉴를 보니 저보다는 좀 어린 미혼일 가능성이 클 것 같군요."

김선웅은 꽤나 그럴듯한 근거들을 들이밀며 홀로 추측한 것에 대해 말을 꺼냈다.

혼자만의 생각이었지만 충분히 가능성은 있었기에 어느 정도 자신의 답에 확신을 가진 채 추측을 늘어놓았지만……

건너편에 앉아 자신의 얘기를 듣는 김우진의 표정을 보아 하니 자신의 추측이 완전히 틀렸음을 깨달은 그가 한숨을 푹 내쉬었다.

"좋아요. 완전히 틀린 모양이군요. 그래서 그 헤드 셰프는 몇 살인가요?"

"셰프님, 놀라지 마세요. 그 파인다이닝의 헤드 셰프는 열아홉 살이에요."

"네? 무슨 그런 말도 안 되는 장난을……. 우진, 당신 너무 짓궂어요."

김선웅은 우진의 말을 듣고는 완전히 터무니없는 소리라고 생각했다.

'말도 안 되지. 그런 요리를 만든 사람이 어떻게 아직 성인도 안 된 사람이라고?'

김선웅은 김우진의 말이 사실인지 다시금 되물었다.

"정말인가요?"

"네, 정말로요."

그가 이런 장난을 칠 사람이 아니라는 건 진즉 알고 있었지만, 도저히 믿을 수 없었다.

열아홉 살.

그렇다면 자신의 아들과 고작 서너 살 차이라는 뜻이었다.

"그렇게 어린 친구가 어떻게……."

"그런 요리를 만들 수 있냐는 말씀이시죠? 저도 처음에는 도저히 믿을 수가 없었어요."

그렇게 김우진은 김선웅에게 도진에 관해 설명하기 시작했다.

갑작스럽게 등장해 단숨에 많은 이들에게 관심을 얻고는 그 실력까지 증명해 낸 도진은 말도 안 되는 속도로 이내 자신의 파인다이닝까지 차리게 된.

그 간략한 스토리를 들은 김선웅이 도진에 관해 관심을 가지게 되는 것은 당연한 수순이었다.

그리고 이윽고 이탈리아에 돌아온 그가 기다리고 기다리던 도진의 이메일 주소를 확인한 순간.

그는 당장 메일을 쓰기 시작했다.

천재셰프
회귀하다

신이 나 경쾌한 타자를 치며 마지막으로 제목을 적고 전송을 누른 그는 자신이 보낸 메일의 제목으로 인해 도진이 얼마나 당황스러워할 줄은 꿈에도 모른 채.

언제쯤 답장이 올까 설레는 마음으로 다시금 하던 일을 마무리하기 시작했다.

반면 도진은 당황스러운 마음을 감출 수 없었다.

'이름을 보아하니 우진이 형이 말한 그 셰프님인가 본데……'

도대체가 의중을 알 수 없는 제목이었다.

하지만 그래도 김우진이 말을 꺼낸 사람이었으니 이상한 사람은 아닐 거라며 자신을 다독인 도진은 메일을 열어 보았다.

[제목] 김도진 씨 보십시오.

[보낸 이] Sunwoong Kim

안녕, 반갑습니다. 나는 이탈리아에서 파인다이닝을 하고 있는 셰프 김선웅입니다.

나는 45세이고, 이탈리아에서 산 지 25년이 넘었습니다. 한국말을 잘 사용하지 않아 많이 서투른 것을 이해해 주세요.

저번에 한국에 방문했을 때 당신의 요리를 먹고 저는 너무 좋았습니다. 그러니까 I'm tuoched 그리고 나이를 알고 정말 놀랐다. 나의 아들과 네 살 차이. 그런데 어떻게 그런 요리를 만들 수 있는지.

나는 궁금합니다. 당신이 그 요리를 만들기까지의 과정? 경험?이. 당신은 내가 하고 싶은 요리를 하고 있습니다.

대화를 나눠 보고 싶어서 우진에게 부탁해 이렇게 메일을 보냅니다.

언제든 연락을 주세요. 기다리겠습니다. 감사합니다.

After eating your dish, I became curious about the many experiences you had even made this dish. I want to have a conversation with you. Please contact me.

(당신의 요리를 먹고 난 후, 당신이 이 요리를 만들기까지 겪었던 많은 경험이 궁금해졌습니다. 저는 당신과 대화를 나누고 싶습니다. 연락 부탁드립니다.)

그리 길지 않은 메일을 단숨에 읽어 내린 도진은 굳게 닫힌 입가를 비집고 나오는 웃음을 참을 수가 없었다.

'김선웅 셰프가 한국말을 잘 못해서 영어로 대화한다고 하길래 메일도 영어로 올 줄 알았는데, 이렇게 한국말로도 보낼 줄은 몰랐네.'

한국어로 적혀 있는 부분은 중간중간 조금 어색하긴 했다.

존댓말과 반말이 묘하게 섞인 한국어.

그와는 정반대로 정중하고 깔끔한 영어 문장.

하지만 도진은 어쩐지 한국어로 적힌 문장에 더욱 눈이 갔다.

그 서툰 한국말 속에 그의 진심이 얼핏 보이는 듯했다.

'정말 내가 만든 요리에 대해서 궁금해하는 것 같아.'

같은 셰프로서 이렇게 관심을 가져 주는 이가 있을 것이라고는 생각지도 못했다.

그도 그럴 것이 모두 도진의 능력을 인정한다고는 해도, 셰프들 사이에서는 아직까지 도진을 동등한 위치의 동료로 생각해 주는 이들은 적었다.

그런데 이렇게 외국에서 활동하는, 심지어는 몇 년째 꾸준히 미슐랭 원스타를 유지하고 있는 셰프에게서 이런 러브콜이라니.

도진은 기분 좋은 미소를 지으며 답장을 보냈다.

가게를 오픈하고 난 뒤 한창 바쁜 시즌이 끝나고,

도진은 부단히 바쁜 나날을 보내면서도 미뤄 왔던 숙제를 해결하기 위해 많은 노력을 쏟았다.

바로, 검정고시 문제였다.

'이제 더 이상 미룰 수 없지.'

그동안은 투자 유치와 가게 오픈으로 인해 바쁜 시간들을 보냈던 도진은 이제 '손 수'가 어느 정도 안정되고 난 뒤.

드디어 검정고시를 보기 위해 다시금 준비를 시작했다.

도진은 검정고시에 대한 허락을 받던 날.

자신에게 자퇴할 때 필요한 서류들을 알아보고 알려 달라며 말한 뒤, 안방으로 향하던 아버지의 등을 떠올렸다.

어렸을 때는 한없이 커 보였지만, 나이를 먹어 보니 알 수 있었다.

그 커 보였던 등은 자신과 도희, 그리고 어머니가 마음 편히 쉴 수 있는 집을 만들기 위해 한없이 노력했던 가장의 등이었다.

아버지의 등이 한없이 넓어 보이게 만든 것은 바로 그 노력이었다.

'분명 허락해 주시지 않을 줄 알았는데.'

아버지가 별다른 말 없이 자신의 의견을 존중해 주신 것은 정말 의외였다.

아버지가 보신 것은 별것 없었다.

그저 자신이 작성했던 투자 계획서와 검정고시 기출문제집 몇 개.

그 정도뿐이었다.

아버지로서는 충분히 걱정될 법한 문제였음이 분명했지만, 도진이 직접 작성한 투자 계획서를 확인한 후.

더 이상의 자세한 것은 묻지 않고 도진에게 자퇴에 필요한 서류가 어떤 것이 있는지 물으셨다.

'신뢰받고 있다는 뜻인 걸까.'

도진은 새삼스럽게 아버지에게 감사함을 느끼며 마지막으로 가방을 한 번 더 확인하고 거실로 나왔다.

이른 시간이었기에 아무도 일어나지 않았으리라고 생각했지만, 부엌에서 달그락거리는 소리가 났다.

"준비는 다 했니?"

어두컴컴한 거실의 정적 틈새를 비집고 어머니의 목소리가 들려왔다.

도진의 검정고시 선언은 가족들에게 많은 여파를 불러일으켰지만 그중에서도 가장 충격을 받은 것은 어머니였다.

가뜩이나 예민한 상태이셨을 텐데, 도진은 혹시 자신이 새벽부터 나갈 준비를 하느라 분주한 소리에 깬 건 아닌지 하는 걱정에 어머니의 눈치를 살폈다.

"일찍, 일어나셨네요? 혹시 저 때문에 깨신 건……."

어머니는 도진의 말이 채 끝나기도 전에 대답했다.

"그럼 당연히 도진이 너 때문에 일어났지."

자칫 날카롭게 들리는 어머니의 말에 놀라 고개를 든 도진은 그제야 그녀의 뒷모습을 볼 수 있었다.

어둑한 거실과 대비되게 주방은 환히 불이 켜져 있었고,

어머니는 앞치마를 두르고 있었다.

집 안에는 갓 지은 따뜻하고 고소한 밥 냄새가 풍겨 오고 있었다.

어머니는 정성스러운 손길로 반찬을 마저 담은 뒤, 뚜껑을 닫고 도시락을 가방에 넣었다.

"가져가렴. 점심 도시락, 도진이 네가 좋아하는 반찬들로 넣었다."

생각지도 못한 것이었다.

'도시락이라니.'

어쩌면 아버지보다 더 격렬하게 반대했던 어머니였다.

결국 검정고시 시험을 코앞에 둔 바로 전날까지도 어머니는 재입학을 할 수도 있다며 다시금 생각해 보는 건 어떻겠냐고 물어보실 정도였다.

그렇기에 도진은 어머니가 이렇게 점심 도시락을 만들어 주실 거라고는 상상도 하지 못했다.

그저 가기 전에 대충 편의점에서 식사거리를 사 가야겠다고 생각했는데, 이렇게 아침부터 밥이며 반찬이며 정성을 들여 만든 도시락이라니.

도진은 어머니가 건넨 도시락을 받아 들고는 고개를 들어 어머니의 눈을 바라보았다.

그녀의 눈에서는 여러 감정이 교차하는 듯했다.

"남들은 수능이라고 도시락을 싸 준다던데, 나는 어쩌다 보니 이 한여름에 검정고시 도시락을 싸게 될 줄은 몰랐다, 얘."

여전히 도진의 선택이 못마땅한 듯한 말투였지만, 어머니의 두 눈에는 자신을 향한 애정이 가득 담겨 있었다.

"밖에 아버지가 너 데려다준다고 차에서 기다리고 계셔. 얼른 나가 봐."

어머니는 머쓱한 듯 도진을 채근하며 현관까지 마중 아닌 마중을 나왔다.

도진은 못 이기는 척 그 손길에 이끌려 운동화에 발을 구겨 넣고는 뒤돌아 어머니를 바라보며 말했다.

"도시락, 잘 먹을게요. 감사합니다."

그러고는 한 발짝 앞으로 나아가 어머니를 끌어안고 한 번 더 말했다.

"감사합니다."

짧은 한마디의 말이었지만, 많은 의미가 담겨 있는 말이었다.

어머니는 그런 도진의 모습이 낯설게만 느껴졌다.

갑작스레 철이 든 아들은 자신이 하고 싶은 일을 찾은 듯하더니, 이제는 척척 자기가 나아가야 할 길을 알아서 개척해 나가고 있었다.

부모로서 조금이라도 더 많은 도움을 주고 싶고, 조금 더 편한 앞길을 닦아 주고 싶었지만……

도진에게는 이미 그런 게 필요하지 않아 보였다.

어머니는 어느새 다 큰아들의 어깨를 두드리며 말했다.

"이왕 하겠다고 한 거, 긴장하지 말고 잘하고 와 아들."

시험장으로 향하는 차에서는 정적만이 흘렀다.

도진은 시험에 들어가기에 앞서 자신이 요약해 둔 파일을 보았고, 차 안에서는 그런 도진이 '사르륵'거리며 넘기는 종이를 넘기는 소리만 들렸다.

이윽고, 시험이 치러지는 학교의 앞에 도착한 도진은 차에서 내리며 아버지에게 인사를 건넸다.

"감사합니다. 이따 들어가서 봬요, 아버지."

"그래, 조심히 다녀와라."

도진은 아버지를 배웅하며 학교 안으로 들어갔다.

학교 안에는 검정고시를 치르기 위해 온 이들로 가득했다.

저마다 각자의 이유를 가지고 검정고시를 치르고자 왔음이 분명했다.

수능이었다면 모두가 경쟁자처럼 느껴졌을 테지만, 검정고시는 절대평가로 이루어지기 때문에 그런 부담감이 적었다.

고등학교 졸업 검정고시 과목인 7개의 과목의 평균 점수를 내어 60점 이상만 된다면 합격이었다.

이런저런 생각을 하며 시험장에 도착한 도진은 심기일전하며 펜을 들었고.

그리고 어느덧 늦은 저녁.

무사히 검정고시를 마친 도진은 잠시 볼일을 본 뒤 늦은 밤이 되어서야 '손 수'로 돌아왔다.

직원들은 모두 퇴근했지만, 도진이 가게로 돌아온다는 소식에 늦게까지 가게에 남아 기다리고 있던 성은준이 도진을 반겼다.

"시험은, 잘 봤어?"

"네, 다 풀었어요."

"잘됐다. 오늘은 그럼 축하 파티 하는 거지?"

"형, 오늘은 신메뉴 회의하기로 했잖아요."

도진은 잔뜩 기대에 찬 눈으로 자신을 바라보는 성은준을 보며 웃음을 터트렸다.

"일 먼저 처리해야죠. 그 뒤에 해요, 축하 파티."

도진은 늦은 밤이 되어서도 '손 수'의 마감하며 어찌 될지 모르는 미래를 대비해, 그리고 앞으로의 계획을 다시 정비하기로 마음먹었다.

───── ✕ ─────

그로부터 반년이란 시간이 흘렀을 즈음.

도진의 파인다이닝 '손 수'는 그가 주춤하고 말 것이라는 예상을 하고 있는 이들의 바람과는 다르게 빠른 성장세를 보였다.

많은 매거진과 미식가들 사이에 소문이 돌며 도진의 요리를 칭찬하는 이들이 줄을 지었고, 그 소문은 이내 명성과 호기심이 되어 도진의 가게를 찾는 발길을 만들어 냈다.

예약 한번 성공하는 것도 하늘의 별 따기라는 얘기가 돌 정도로 '손 수'는 인기가 많아졌고, 바쁜 나날이 이어지는 만큼.

주방은 물론 홀의 직원들도 어느새 일에 익숙해진 모습이었다.

소란스러운 주방 틈 사이로 기계음이 들려왔다.

'위잉—.' 하는 소리와 함께 프린터기에서 종이가 쏟아졌다.

도진은 종이를 잡아 들어 쓱 확인하고는 이내 오더를 읽어 내렸다.

"자, 오늘 마지막 주문입니다. 두 명! 첫 번째 코스는……"

마지막 오더까지 무사히 마무리한 뒤.

"다들 오늘 하루도 고생 많으셨습니다. 내일은 다들 푹 쉬길 바랍니다."

도진이 마감까지 모두 마친 직원들을 보내며 말했다.

그러고는 성은준을 따로 불러 조심스럽게 이야기기를 꺼냈다.

"형, 저 목요일부터 일요일까지 일정인데, 정말 괜찮겠어요? 너무 바쁘면 얘기해요. 어차피 국내니까 멀리 가지는 않

천재셰프
회귀하다

을 거예요."

도진의 목소리에는 작은 걱정이 담겨 있었다.

가장 바쁜 요일인 금, 토, 일에 자리를 비운다는 것이 걱정이 된 것이었다.

하지만 성은준은 그 말에 걱정하지 말라며 도진의 어깨를 두드렸다.

"괜찮다니까 그러네! 너 이번에 그 셰프님 만나는 거 꽤 기대하고 있었잖아. 정말 괜찮으니까 맘 편하게 휴가라 생각하고 다녀와."

도진은 그 말에도 쉬이 눈길을 떼지 못했으나, 성은준은 그런 도진의 등을 떠밀었다.

"자, 얼른 퇴근하시죠. 내일 공항으로 마중 나가려면 일찍 일어나야 할 텐데."

"알겠어요. 잘 부탁해요, 형."

그렇게 말한 도진은 무거운 발걸음을 옮겨 내일을 위한 준비를 위해 집으로 향했다.

어쩐지 조금 두근거리는 마음으로 도진은 잠자리에 들었다.

마치 소풍 가기 전날의 어린아이가 된 것만 같았다.

그도 그럴 것이.

'오전에 도착한다고 했으니, 일찍 일어나야겠지. 우진이 형 만나서 같이 가야겠다.'

내일은 바로 그토록 오래 연락을 주고받던 김선웅이 온다고 한 날이기 때문이다.

⚔

KTBN 방송국의 한 촬영 세트장.

"수고하셨습니다!"

"조심히 들어가세요."

"다들 고생 많았습니다."

촬영이 끝난 세트장의 스텝들은 분주히 움직이며 촬영의 정리를 하고 있었고, 출연진들은 저마다 삼삼오오 모여 집으로, 또는 다음 스케줄을 위해 이동할 준비를 하고 있었다.

이곳에서 그 누구보다 초조한 듯 보이는 한 사람이 있었으니.

그것은 바로 '맛 vs 맛'의 막내 작가였다.

"아, 진짜 셰프님, 진짜 혹시 누구 없어요?"

그녀는 촬영이 끝난 이들을 붙잡고 거의 애원하다시피 하며 출연진들에게 간절히 무언가를 물어보고 있었다.

"글쎄요. 당장 그렇게 스케줄이 빌 만한 사람이 있을까 모르겠네."

"그렇게 촉박하면 이미 일정이 잡혀 있는 경우가 많아서……."

출연진들은 그녀의 말에 하나같이 난색을 표했다.

그에 막내 작가는 울상이 되어 손바닥에 고개를 파묻을 수밖에 없었다.

그 모습에 촬영이 끝난 뒤, 자리를 떠나려고 했던 최석현이 고개를 갸웃하며 다가왔다.

"무슨 일 있어요?"

그 말에 막내 작가는 작은 목소리로 무어라 중얼거렸고, 최석현은 다시금 물어볼 수밖에 없었다.

"뭐라고요?"

그러자 막내 작가는 고개를 들어 최석현의 얼굴을 보며 또박또박 한 번 더 대답했다.

"저희 다음 촬영 게스트 펑크났어요."

"네? 갑자기요?"

"그러니까요. 저는 이제 왕작가님한테 죽은 목숨이나 마찬가지예요."

울먹거리는 그녀의 목소리에 최석현이 놀라 그녀를 달래며 물었다.

"이렇게 갑자기 펑크가 날 정도면, 무슨 큰일이라도 있대요?"

"그일…… 큰일이긴 하죠. 뉴스 기사에서 떴거든요."

"뉴스요?"

생각지도 못한 대답에 눈을 크게 뜬 최석현이 되묻자 막내 작가는 한숨을 푹 쉬며 핸드폰을 꺼내 기사 하나를 보여 줬다.

그녀의 핸드폰 속 기사에서 가장 먼저 눈에 띈 것은 자극적인 제목으로 적혀 있는 헤드라인이었다.

[특종! 무명 연예인의 생각지도 못한 은밀한 사생활!]

긴 무명 생활을 청산하고 근래에 들어 방송에 자주 나오는 연예인의 사생활이라며 익명으로 올라온 기사는 그가 일이 끝나면 클럽에서 문란하게 놀았다는 내용이 적혀 있었다.

문제는 그뿐만이 아니었다.

클럽에서 만난 여성들과 문어 다리로 만났다는 사실이 밝혀지며, 그의 주가가 폭락한 것이었다.

내용을 확인하는 최석현의 모습에 막내 작가는 말을 덧붙였다.

"무명 생활이 길어서 식당에서 일도 하고 그랬다고 해서 요리도 좀 하니까, 프로그램이랑도 잘 맞겠다 싶었거든요. 그런데 이런 사람일 줄은 상상도 못 했죠."

그녀는 한숨을 푹 내쉬었다.

"아무튼 기사 뜨고 네티즌 수사대한테 누군지 다 들통나는 바람에 민심 완전히 나락 갔어요. 그대로 촬영 진행했으면 다음은……."

"그래서 갑자기 이렇게 다음 게스트가 비게 된 거군요."

막내 작가의 말에 최석현은 이해가 간다며 고개를 끄덕이고는 잠시 조용해졌다.

고민하는 듯한 최석현의 모습에 막내 작가는 혹시나 하는 기대감을 품으며 물었다.

"셰프님, 혹시 누구 있어요?"

언제 울상이었냐는 듯 기대하는 그녀의 모습에 최석현이 난감한 표정을 지으며 말을 덧붙였다.

"그, 확실하게 될지는 연락해 봐야 알 수 있기는 한데……."

"한데!?"

희망이 보이는 듯한 모습에 막내 작가가 눈을 크게 뜨며 말꼬리를 물었다.

그 모습에 최석현이 웃음을 터트렸다.

"일단 한번 물어는 볼게요."

"헉. 정말요? 감사합니다!"

"안 될 수도 있으니 너무 기대하지는 마세요."

"에이, 그래도, 셰프님만 믿겠습니다!"

갑작스레 막내 작가의 기대를 한 몸에 받게 된 최석현은 어찌할 줄 몰랐지만, 한시름을 던 막내 작가는 그저 싱글벙글하며 최석현에게 물었다.

"근데 혹시 누구인지 알 수 있을까요?"

"김도진 군요. 마침 지금 휴가라고 하더라고요."

"설마 그 김도진 씨 말씀하시는 거예요?"

놀라 되묻는 작가의 말에 최석현이 고개를 끄덕이며 말을
덧붙였다.

"지금 김선웅 셰프라고 해외에서 활동하는 미슐랭 셰프가
있는데, 그분이 한국에 들어와서 함께 일정을 보내려고 며칠
쉰다고 하더라고요."

막내 작가는 마침 타이밍이 좋았다며 말하는 최석현의 뒷
모습에 후광이 비치는 듯한 기분이 들었다.

이슈몰이에 좋은 김도진에 미슐랭 셰프까지.

'만약에 섭외할 수만 있다면, 대박이다!'

작가의 눈빛에는 어느새 시청률을 향한 탐욕이 깃들어 있
었다.

이른 아침 도진은 김선웅을 마중 나가기 위해 김우진의 차
에 올라탔다.

"형, 오랜만이에요."

"셰프님도 오랜만입니다."

김우진의 존칭에 도진이 머쓱한 표정을 지어 보였다.

두 사람이 알고 지낸 지도 거의 일 년이 다 되어 가고 있었

천재셰프
회귀하다

지만, 김우진은 여전히 도진에게 말을 높이며 '셰프님'이라는 존칭을 사용했다.

두 사람이 처음 '아틀리에'에서 인연을 쌓은 그날부터 절대 바뀌지 않는 호칭이었다.

도진은 몇 번이고 김우진에게 제발 편히 불러 달라며 말했지만, 그는 알 수 없는 고집을 피우며 그 제안을 극구 사양했다.

마치 본인이 아직도 헤드 셰프 김도진의 인턴이라고 생각하는 것만 같았다.

덕분에 김우진에게 도진은 여전히 '셰프님'이었다.

하지만 그런 호칭이 부담스러웠던 도진은 다시금 김우진에게 핀잔을 늘어놓았다.

"도대체 언제까지 그렇게 부르실 거예요. 이제는 말도 좀 편하게 해 달라니까……."

하지만 김우진의 고집은 그 누구도 꺾을 수 없었다.

그는 해병대를 연상케 하는 말을 하며 자신의 의지를 다지듯 도진을 바라보며 되물었다.

"한번 셰프님은 영원한 셰프님이죠. 안 그렇습니까, 셰프님?"

그 모습에 도진이 고개를 저으며 말했다.

"그래요. 편한 대로 하세요."

마치 그가 '아틀리에'의 인턴으로 받아 달라고 그랬던 때처럼, 이번에도 김우진의 고집을 꺾을 수 없었던 도진은 결국 한 수 접고 물러날 수밖에 없었다.

해결할 수 없는 문제를 뒤로 미뤄 둔 도진은 김우진에게 물었다.

"근데 형이랑 김선웅 셰프님은 도대체 어떻게 알게 된 거예요?"

"아, 제가 그걸 얘기한 적이 없나요?"

김우진이 고개를 갸웃하며 묻자 도진이 대답했다.

"사실 저희가 만나서 김선웅 셰프님에 대해 얘기할 시간이 없었으니까요. 제대로 얘기하는 건 처음이죠?"

도진과 김선웅이 메일을 주고받은 지 반년이나 지났지만, 이렇게 두 사람이 만나 김선웅에 관해 얘기하는 것은 처음이었다.

그도 그럴 것이 도진은 그동안 오픈한 파인다이닝 '손 수'를 안정화하기 위해 쉴 틈 없이 일하며 달려왔다.

김우진도 그동안 일을 하며 가끔 그의 파인다이닝에 손님으로 방문한 것이 다였으니.

시식회의 일 이후로 두 사람이 개인적으로 만난 것이 이번이 처음이었다.

그러니 김선웅에 관한 얘기를 나눌 시간이 있을 리 없었다.

"그러니까 그게 언제쯤이냐면……."

도진의 말에 김우진은 벌써 훌쩍 시간이 지나 버린 과거를 떠올리기 시작했다.

"내가 졸업을 앞두고 이 길이 맞는지 한창 고민에 빠져 있을 때쯤이었습니다."

도진은 조심스럽게 입을 열기 시작한 김우진의 말에 집중하기 시작했다.

때는 바야흐로 김우진이 졸업을 하기 직전.

당시 문예창작과였던 김우진은 졸업하기 전 온갖 공모전에 글을 보냈지만 당선된 것은 하나도 없었고, 과연 이 꿈을 이루기 위해 계속 노력한다고 해서 그 결실을 볼 수 있을 것인가에 대한 고민이 깊어질 때쯤이었다.

생각이 복잡한 김우진을 본 그의 부모님은 김우진에게 머리도 식힐 겸 해외여행을 추천했다.

"너 졸업하고 나면 일한다고 시간 없어서 잘 못 나갈 테니, 지금이 기회다."

"이참에 유럽 여행 한번 다녀오면 좋잖니."

그렇게 말한 김우진의 부모님은 그의 등을 떠밀어 외국으로 보내 버렸다.

"지금 와서 생각하는 건데, 당시 부모님은 그냥 제가 예민한 상태인 걸 비위 맞춰 주기 힘들어서 그렇게 보내 버린 것 같아요."

예민한 자신의 짜증을 못 견딘 부모님이 자신을 쫓아내 버린 게 분명하다며 말하는 김우진의 얼굴에는 작은 웃음이 걸려 있었다.

말은 이렇게 해도 그도 부모님과의 관계가 좋은 게 분명했다.

그렇게 가게 된 외국에서 김우진은 처음으로 관광객이 아닌 여행자가 될 수 있었다고 했다.

"아무 생각도 계획도 없이 간 덕분인지, 거기서 하는 모든 경험들이 새롭고 즐겁게 느껴졌어요."

이전에 계획을 짜고 갔던 여행에서는 여행지의 랜드 마크를 사진으로 남기고, 그곳의 찾아 둔 맛집을 방문해 식사를 했던 반면.

아무런 계획도 없이 방문하게 된 유럽에서는 정말 발길이 닿는 대로, 눈에 보이는 대로 움직이며 직접적인 경험들을 쌓을 수 있었다고 말하는 김우진의 눈동자에는 생기가 가득 담겨 있었다.

"그리고 거기서 김선웅 셰프님의 요리를 처음으로 맛보게 되었습니다."

김선웅은 당시 캐주얼한 레스토랑의 셰프였고, 오픈 키친이었기 때문에 김우진은 그가 요리하는 모습을 모두 지켜볼 수 있었다.

김우진은 요리하는 김선웅을 유심히 지켜보았다.

처음으로 누군가가 요리를 하는 모습을 유심히 지켜볼 수 있었던 김우진은 놀랄 수밖에 없었다.

빠르면 몇 분, 길어 봤자 한 시간이면 끝나는 식사였다.

그런데 고작 그 짧은 시간을 위해 요리를 하는 김선웅의 손길은 너무 섬세했다.

연어 스테이크를 굽기 위해 버터를 녹이고 온도가 오르자 달궈진 팬에 껍질부터 올려놓은 연어 스테이크가 익어 가며 움츠러들 때.

그는 스테이크를 뒤집는 것이 아닌 팬을 한쪽으로 기울여 버터가 고이게 만든 뒤.

숟가락으로 녹은 버터를 연어의 위에 흩뿌렸다.

몇 번이나 그 과정이 반복되었을까?

완벽하게 구워 낸 연어 스테이크를 트레이에 잠시 옮겨 둔 김선웅은 플레이팅을 위해 새하얀 접시 하나를 꺼냈다.

그리고 그 위에 발사믹 식초를 베이스로 만든 소스를 초승 달과 같은 모양으로 뽐새를 냈다.

그 중앙에 스테이크를 올린 뒤 허브를 잘게 뜯은 것을 핀 셋으로 집어 그 위를 장식했다.

처음으로 하나의 접시가 완성되는 모습을 본 김우진은, 그 동안 살기 위해 먹었던 요리들이 이렇게 정성을 다해 만드는 것이라는 것을 새삼스럽게 깨달았다.

"우리 대부분은 식당에서 음식을 주문했을 때, 보통은 요 리하는 과정을 지켜볼 수 있는 일은 거의 없죠."

김우진은 그 모든 과정을 지켜보고 나서 처음으로 비로소 그저 음식이 아닌 요리를 먹었다는 생각이 들었다.

그리고 처음으로 용기 내어 셰프에게 감사의 인사를 건넸다.

그 한마디에 환하게 웃으며 인사하던 김선웅의 모습이 여전히 기억날 정도로, 김우진은 그날을 생생하게 기억하고 있었다.

"김선웅 셰프님은 정말 온 진심을 다해 요리를 하시는 분이었습니다. 자신이 하고 싶은 요리를 하는 것과 동시에 그것을 먹게 될 손님을 생각하는 요리를 하시는 분이었기에 저는 그분을 참 존경합니다."

미소를 가득 머금고 이야기하는 김선웅의 모습에 도진이 슬쩍 웃음을 흘렸다.

"우진이 형, 정말 김선웅 셰프님의 요리를 좋아하시나 봐요. 그럼 저랑 김선웅 셰프님의 요리 중에는 어떤 게 더 좋아요?"

장난스러운 도진의 물음에 김우진은 당황을 감추지 못했다.

생각지도 못한 질문에 버벅거리며 겨우 '둘 다 좋아요.'라는 말을 꺼낸 김우진이 다급히 화제를 돌렸다.

"자, 도착했습니다. 이제 슬슬 비행기도 도착 시간이니 빨리 가죠."

그 모습에 도진이 결국 소리 내어 웃음을 터트렸다.

김우진의 이야기를 들은 도진은 티를 내지는 않았지만 조금 감동하였음을 인정할 수밖에 없었다.

지난 생을 포함하면 고작 20년도 채 안 되는 요리 경력이었다.

도진도 자신이 직접 주방에서 일해 보지 않았더라면, 요리를 하는 사람들의 그런 수고로움을 몰랐을 터였다.

하지만 직접 겪은 주방은 생각보다 더 치열했고, 많은 이들의 열정이 가득한 뜨거운 공간이었다.

물론 모든 이들이 그런 것은 아니었다.

그저 주어진 일만 하며, 매달 꼬박꼬박 나오는 월급으로 만족하는 이들도 있었다. 하지만 요리는 생각보다 더 많은 노동력을 필요로 했고, 그런 이들은 결국 얼마 지나지 않아 이 바닥을 뜨는 것이 흔했다.

결국 남은 이들은 요리에 대한 열정을 가지고, 자신이 하고 싶은 게 명확한 이들이었다.

전생에 함께했던 도진의 주변에 있는 동료들이 그랬다.

하나의 요리를 만들기 위해서 수많은 정성과 노력을 곁들였다.

몇 날 며칠을 주방에서 이런저런 조합으로, 새로운 레시피를 만들기 위해 안간힘을 썼다.

　그리고 그것을 세상 밖으로 꺼낼 때는 세간의 평가를 기다리며 긴장했음이 분명했음에도, 자신의 요리를 먹게 되는 이들에게 당당하게 소개했다.

　마치 이 지금 이 순간, 이 세상에 이보다 맛있는 요리는 없을 거라는 사람처럼.

　그들의 노력은 수면 아래 백조의 발과도 같았다.

　자신의 요리를 먹는 손님들이 믿고 먹을 수 있도록, 물 아래 쉴 틈 없이 움직이는 두 발을 숨긴 채 물 위에서의 우아한 자태만을 뽐내듯.

　아름답게 완성된 하나의 접시를 손님들에게 내밀었다.

　그들의 노력을 직접적으로 보지 못한 손님들은 그저 하나의 접시만으로 그 모든 것을 평가했다.

　그렇기에 셰프에게 가장 최고의 칭찬은 깔끔하게 비워진 접시였다.

　그런데 김우진은 그것에 그들의 노력에 대해 말했다.

　수면 아래 백조의 발버둥.

　접시 너머 쉼 없이 움직이는 셰프의 손.

　비록 오픈 키친이었기 때문에 셰프가 요리하는 모습을 보았고, 그로 인해 감명을 받았다고는 했으나.

　김우진은 그 단편적인 부분만이 아닌 그 요리를 준비하기 위한 모든 과정에 대해서도 말한 것이나 다름없었다.

'이런 생각을 하고 있었다니.'

그가 쓰는 칼럼은 그저 맛에 대한 평가를 하는 것이라고 생각했다.

하지만 맛뿐만 아니라 그 접시가 만들어지기까지의 과정들이 모두 들어가 있다는 것이 너무 놀라웠다.

그렇게 도진이 김우진을 새로운 시선으로 바라보고 있는 사이.

무사히 출국 심사까지 마친 뒤, 어디로 가야 할지 두리번 거리고 있던 김선웅을 발견한 김우진이 그를 향해 반갑게 인사했다.

"셰프님, 여기예요."

"오, 두 사람 모두 반갑습니다!"

많은 인파들 사이에서, 지난 몇 달간 메일만 주고받을 수밖에 없었던 김선웅이 도진을 향해 걸어오고 있었다.

도진은 그간 메일을 주고받으며 김선웅에 대해서 조금은 알 수 있었다.

그가 어떤 요리를 하는 사람이고, 어디에서 근무했으며, 지금 어떤 일을 하고 싶은지.

'지금 다 새롭게 시작한다는 건 사실 쉽지 않은 일인데, 정말 대단해.'

한국행 비행기에 오른 김선웅은 이 순간 그 누구보다 홀가분하지만, 한편으로는 그 누구보다 심적으로 불안이 가득할 게 분명했다.

그도 그럴 것이.

중년의 나이에 아직은 부양해야 할 자식들과 평생의 노후까지 함께해야 하는 와이프가 있는 데도 불구하고 그가 지금 백수가 되었기 때문이다.

정정하자면 백수는 아니었다.

그는 자신에게 투자해 주겠다는 이의 제안을 받아들여 지금 밀라노에서 새로운 파인다이닝을 오픈하기 위해 고군분투하고 있었다.

도진은 반갑게 인사하는 김선웅을 향해 자연스럽게 영어로 인사를 건넸다.

"이렇게 얼굴을 보고 얘기할 수 있다니 너무 좋네요. 만나서 반갑습니다, 셰프님. 이미 알고 있겠지만 만나서 인사를 하는 것은 처음이니 다시 소개할게요. 김도진입니다."

"도진, 당신을 만날 수 있다니. 나와 메일을 주고받던 사람이 실제로 존재하는 사람이었군요!"

첫 만남의 어색함을 풀기 위해 장난스러움이 섞인 도진의 인사에 김선웅은 호쾌한 웃음을 터트릴 수밖에 없었다.

셰프의 여행

　서로의 근황에 관해서 주고받는 두 사람을 보고 있던 김
우진은 문득 이상한 것을 느끼고는 놀란 표정을 감추지 못
했다.

　"와, 잠깐. 김도진 셰프님, 혹시 어릴 때 외국에서 살다 오
시거나 그런 적이 있나요?"

　너무 유창한 도진의 영어 실력에 놀란 것이었다.

　"그렇죠? 나도 정말 놀랐습니다. 문법도 아주 완벽한데,
말도 너무 유창하더군요."

　이미 도진과 몇 번 통화를 해 본 적이 있었던 김선웅은 마
치 자신이 칭찬을 들은 사람처럼 어깨를 으쓱하며 말했다.

　처음 도진과 통화를 하던 날, 김선웅은 한국말로 해야 한

다는 걱정이 가득했지만…….

-Are you Chef Kim Sunwoong?(김선웅 셰프님 맞으세요?)

너무 자연스럽게 영어로 말을 하는 도진의 모습에 깜짝 놀랄 수밖에 없었다.

두 사람의 대화를 듣고 있던 도진이 머쓱하게 웃으며 말했다.

"그렇게까지 칭찬하실 정도는 아니에요. 자, 시간 없으니까 빨리빨리 움직입시다!"

화제를 돌리기 위해 한 말이었지만 실제로 세 사람에게 시간은 금이나 마찬가지였다.

김선웅은 그저 휴가를 위해 한국을 찾은 것이 아니었다.

그가 이번에 국내에 입국한 것은 다름 아닌 현재 그가 준비하고 있는 파인다이닝을 위해서였다.

호텔 내에 있는 파인다이닝은 호텔 측의 의견을 무시할 수 없었기에 온전히 그가 하고 싶은 것을 할 수 없었던 반면.

이번에는 정말 자신이 하고 싶은 것을 할 수 있게 된 김선웅은, 도진이 한식의 느낌이 짙은 다이닝을 만든 것처럼.

자신도 그런 파인다이닝을 만들고 싶다고 했다.

"결국 나의 뿌리는 한국에 있으니까."

그렇게 말하는 그의 결심은 확고했다.

김선웅은 이탈리아 밀라노 한복판에 한식을 알릴 수 있는 파인다이닝을 만들고 싶어 했다.

천재셰프
확귀하다

그리고 그에 대한 조언을 얻고자 도진을 만나려 했다.

처음 김선웅이 자신을 도와달라고 말했을 때 도진은 솔직히 말하는 그의 모습에 놀랐다.

'자존심이 상할 수 있는 일인데, 그렇게 솔직하게 말해 주다니.'

따지고 보면 도진은 거의 김선웅의 아들뻘인 사람이었다.

그런 자신에게 솔직하게 도움을 요청하는 그의 모습은 정말 솔직하고 대단해 보였다.

정말 정중하게 부탁하던 김선웅은 자신을 그저 어린 후배 셰프가 아닌 정말 동료 셰프로 인정하고 있는 모습이었다.

그 사실에 도진은 흔쾌히 그를 돕겠다는 결정을 내릴 수 있었다.

물론 '손 수'가 어느 정도 안정되었고, 성은준이 자신의 역할을 잘해 주었기 때문에 가능한 일이기도 했다.

"그럼, 제주도로 한번 출발해 볼까요?"

세 사람이 제주도로 향하게 된 것은 김선웅의 호기심 때문이었다.

김선웅은 이번 한국 방문을 계획하면서 전부터 궁금했던 것들 위주로 계획을 짜곤 했다.

그중 하나가 바로 제주도.

사실 제주도가 궁금했다기보다는 그곳에 있는 유일한 미슐랭 파인다이닝에 가 보고 싶다는 의견이 컸다.

그리고 한국의 해녀 문화에 대해서 좀 더 자세히 알고 싶다고 했기에 그리 길지 않은 일정에도 불구하고 세 사람은 제주행을 결정했다.

제주도로 향하는 비행기 안.

점차 구름과 가까워지는 창밖의 풍경에 도진은 가슴이 떨리는 것을 느꼈다.

설렌 마음에 부풀고 있는 게 분명했다.

'기대되는걸, 나도 해녀를 직접 보는 건 처음이니까…….'

해녀는 흔히 볼 수 있는 직업이 아니었다.

제주도와 부산, 남해와 동해 연안, 정말 드물게는 일본, 동남아시아, 러시아 등에서 볼 수 있는 직업 중 하나인 해녀는 잠수하여 해산물을 채취하는 여자들을 뜻하는 말이었다.

남해 연안의 섬이나 수심이 깊은 동해 연안의 어촌에도 제주도 못지않게 해녀가 많았지만, 겨울에도 어느 정도 따뜻한 수온을 가지는 제주도와는 달리, 동해는 가을이 지나 겨울이 되면 수온이 급격하게 떨어져 조업에 어려움이 컸다.

그리고 제주 이외의 다른 지역의 해녀들은 대부분 제주 출신이 예전에 이주한 케이스가 많았다.

부산의 동삼중리 해녀촌 같은 곳에 가 보면 제주도 사투리를 쓰는 이들이 더러 있을 정도였다.

그러니 해녀 하면 제주도가 가장 먼저 떠오를 수밖에 없었고, 그 문화도 훨씬 더 깊을 터였다.

"정말 기대되는군요. 제가 해녀를 직접 보는 날이 생길 줄이야."

"그러게요. 그나저나 셰프님 정말 대단하신 것 같아요. 이 날을 위해 스킨스쿠버 자격증까지 준비하다니."

"왜냐면 저는 궁금한 것은 참지 못하는 성격이기 때문이죠."

도진은 아무리 시간이 있었다고는 하나 직접 물에 들어가 체험하기 위해 스킨스쿠버 자격증을 따 온 김선웅을 경탄하며 바라보았다.

그리고 동시에 부러움을 느꼈다.

"저도 시간이 조금만 더 많았으면 같이 준비했을 텐데 너무 아쉽네요."

"도진, 그건 욕심이에요. 당신은 가게를 운영하는 것만으로도 충분히 정신이 없었잖아요."

도진의 말에 김선웅이 기겁하며 얘기했다.

그도 그럴 것이 도진은 새로운 가게를 개점해 눈코 뜰 새 없이 바쁜 와중에도 김선웅의 계획을 하나하나 구체화해 주었다.

김선웅은 도진의 도움이 없었다면, 이번 한국 여행의 계획

중 절반은 제대로 해 보지도 못한 채 시간만 낭비하고 돌아 갔을지도 모른다는 생각을 하며 한마디를 덧붙였다.

"이번 제주도 계획도, 도진이 아니었으면 해녀 체험을 직접 할 수 없었을 거예요. 바쁜 와중에도 신경 써 줘서 감사합니다."

김선웅의 감사 인사에 머쓱해진 도진이 씩 웃었다.

"제가 뭘 했다고요. 그냥 전화 몇 번 해서 일정 조율한 게 다인데."

제주도로 향하는 비행기 안, 두 사람이 서로 대화를 주고받는 동안.

김우진은 그런 그들을 보며 조용히 노트북을 열어 무언가 열심히 타자를 두드리고 있었다.

노트북 모니터 화면 너머에는 문서 파일이 열려 있었고, 빽빽하게 글자가 들어차 있었다.

그중 제일 눈에 띄는 것은 역시 맨 위, 가장 크고 두꺼운 글씨체로 적혀 있는 제목이었다.

[셰프들의 여행은 과연 어떤 것이 다를까?]

해외에서 미슐랭 원스타의 파인다이닝을 운영하고 있던 김선웅 셰프는 오랜 시간 몸담고 있던 자신의 파인다이닝과 이별을 했다.

그리고 새로운 파인다이닝을 준비하기에 앞서, 모국인 한국을 찾게 되었다.

한국도 아닌 이탈리아에서 좀 더 한국적인 맛을 느낄 수 있는 한식 다이닝을 차리겠다고 선언한 그는 과연 이번 여행에서 어떤 것을 찾아가고자 하는 것일까.

그리고 그 여행에 동반하게 된 '손 수'의 오너 셰프 김도진과 과연 어떤 여행을 만들어 나갈 것인가.

두 사람의 중간 다리의 역할을 하게 된 필자가 그 여행을 낱낱이 파헤쳐 보도록 하겠다.

키보드 위에서 빠르게 움직이는 손이 마무리를 하고 있을 때쯤.

"손님 여러분, 우리 비행기는 제주국제공항에 도착했습니다. 비행기가 완전히 멈춘 후 좌석 벨트를……"

그리 길지 않은 비행이 끝났음을 알리는 소리가 들려왔다.

제주도에 도착했음을 알리는 기내 방송이었다.

─※─

제주도에 도착한 도진은 렌트카를 찾아 김우진과 김성준을 이끌고 목적지로 향했다.

"운전해 주신다고 해서 감사해요."

"뭐, 두 사람을 위해 이 정도는 할 수 있죠."

도진이 제주도행을 결정하며 가장 중요했던 것은 이동에

관한 문제였다.

제주도를 여행하는 데에 있어서 차가 없을 경우 이동하는 데에 어려움이 있을 수 있었다.

하지만 외국의 국적으로 국제 면허증이 없었던 김선웅과 아직 면허가 없었던 도진이 곤란해하고 있을 때.

김우진이 흔쾌히 운전기사 역할을 자처해 주었다.

덕분에 편하게 이동을 할 수 있게 된 도진은 가장 먼저, 김선웅이 제일 관심을 많이 보였던 것을 위해 목적지를 설정했다.

김우진이 내비게이션을 따라가며 도진에게 물었다.

"그런데 어떻게 해녀 학교를 가 볼 생각을 했어요?"

"아무래도 그냥 보고 질의응답식으로 궁금한 걸 해결하는 것보다는 직접 해 보는 게 더 좋을 것 같아서요."

김선웅이 '해녀'에 대해 관심을 보였을 때까지만 해도 도진은 이런 것이 있는 줄은 상상도 못 했다.

'해녀'에 대해서는 알고 있었지만, 이들의 문화와 직업이 어떻게 계승이 되는지에 대해서는 생각해 보지 않았기 때문이다.

하지만 막상 찾아보니, 해녀 박물관은 물론이고 공연에 체험까지 할 수 있는 다양한 자료들이 나와 있었다.

그리고 그중 하나가 바로 '해녀 학교'였다.

현재 활동하고 있는 해녀들의 대부분은 연로한 나이로 당장 내일 은퇴를 해도 이상하지 않을 정도였다.

그러나 이런 해녀들이 은퇴를 하게 된다면 명맥을 이어 나갈 해녀 후배들이 전무한 상황이었다.

그런 상황을 해결하기 위해 생긴 것이 바로 해녀 학교였다.

제주 해녀들의 물질 기술뿐만 아니라 해녀 정신, 철학 등을 법적으로 올바르게 전승하고 보존하며 발전시켜 나가기 위한 교육 과정을 운영해 일반인들을 대상으로 해녀 양성 교육을 실시하고 있었다.

이런 해녀 학교의 입학 자격은 꽤나 까다로웠고, 그만큼 수료도 어렵다고 알려져 있었다.

과연 그런 곳에 도진은 어떻게 체험을 신청할 수 있게 된 것일까.

'그래도 잘 받아 주셔서 다행이야.'

대부분 학교를 운영하기 위해서는 운영비가 필요했고, 해녀 학교도 마찬가지로 해당이 되는 이야기였다.

입학금을 받는 것은 당연했으나, 그것만 가지고는 사실상 인건비도 채 나오지 않는 상황이었다.

도진은 바로 그런 점을 파고들었다.

"외국에서 활동하는 셰프님이 유일무이한 한국의 해녀 문화에 대해 궁금해하셔서, 해녀의 문화와 물질에 대해서 배우고 싶은데 가능할까요?"

-저희가 올해는 학생들 받는 정원이 가득 차서 힘들 것 같은
데요.

"교육 과정을 모두 이수하겠다는 것은 아닙니다. 그냥 가
볍게 맛보기 느낌으로라도 좋으니 체험 형식으로는 어렵습
니까?"

-좀 곤란한데……

"그리고 한마디만 덧붙여서 제주 해녀들의 문화가 온전히
계승되었으면 하는 바람에서 학교에 기부금을 보내 드리고
싶은데 혹시 어디로 보내 드리면 될까요?"

그렇게 도진은 '해녀 학교'로 향할 수 있게 되었다.

반면.

도진이 해녀 학교에 도착할 시간이 가까워질수록 초조해
지기 시작하는 사람이 하나 있었다.

바로 해녀 학교의 행정, 운영의 전반을 담당하는 강승재였
다.

그는 도진이 도착한다고 말한 시간이 점점 가까워질수록
안절부절못하며 손톱을 물어뜯으며 초조하게 시계를 몇 번
이고 쳐다보기를 반복했다.

"승재 씨, 진정 좀 해. 왜 그렇게 안절부절못해?"

"막상 받으니까 걱정돼서 그래요, 걱정돼서."

"그럼 애초에 안 받으면 되는 걸 왜 받는다고 그랬어?"

"받으면 따라오는 기부금 명목의 금액이 있으니까 그랬죠. 이번 연도 예산 빠듯한데 놓치기는 너무 아까웠다고요!"

정말이었다.

'해녀 학교'는 해녀들의 고령화와 어족 자원의 고갈, 그리고 직업 여건의 어려움으로 점차 사라져 가는 해녀 문화를 젊은 세대들에게 전수하고자 하는 취지에서 주민자치 특성화 사업으로 시작했다.

처음 졸업생을 배출한 이후로 꾸준히 해녀 입문 양성반은 물론 점차 발전시켜 직업반을 신설하여 좀 더 많은 이들이 해녀라는 직업에 대해 도전할 수 있도록 도왔다.

전국 각지의 다양한 분야에서 활동 중인 이들이 해녀 양성 교육에 참여했고, 그 관심에 힘입어 더욱 좋은 교육 인프라를 구축해 유익하고 알찬 교육이 되는 것은 물론, 실제로도 활동할 수 있는 해녀를 양성하고자 노력했다.

학생으로 오는 이들의 교육은 왕성하게 활동하고 있는 해녀 강사들이 도맡았고, 그 과정의 전반적인 것들은 바로 행정 운영팀에서 서포트했다.

처음 해녀 학교를 설립했을 당시에는 이런 일에 익숙하지 않은 이들이 모여 운영하는 데에 있어 많은 어려움이 있었지만, 점차 해를 거듭할수록 조직적인 운영 방식을 갖출 수 있었다.

시에서도 이런 취지를 좋게 보았기 때문에 운영비 지원도 어느 정도 나오기는 했지만······.

'그것만으로는 부족해.'

특히 올해는 강사로 활동할 수 있는 해녀들의 수도 줄어 이전에 비해 받을 수 있는 학생의 수가 줄어 입학금도 여유롭지 않았다.

그런 와중에 직원들의 월급에 강사비에, 지출이 너무 큰 찰나 듣게 된 도진의 기부금 얘기는 군침이 싹 돌 수밖에 없는 노릇이었다.

하지만 문제가 있었다.

그것은 바로.

"외국인한테 교육을 잘할 수 있을까요?"

소통이었다.

강승재는 지금 '해녀 학교' 설립 이래 최초로 방문하게 되는 외국인 손님을 걱정하고 있었던 것이었다.

그러나 마땅한 해결책을 찾기도 전인 지금, 이 순간.

"승재 씨, 오늘 오기로 한 분들 오신 것 같은데?"

마음의 준비를 채 마치기도 전에 손님들이 찾아왔다.

강승재는 다급히 표정을 숨기며 밖으로 향했다.

그리고 눈앞에 보이는 이들의 조합에 애써 관리하던 표정이 순식간에 무너졌다.

'뭐지……? 가족 여행인가?'

얼이 빠진 강승재를 정신 차리게 한 건 다름 아닌 도진의 인사였다.

"안녕하세요. 전화를 드렸었던 김도진입니다."

"아, 네. 반갑습니다. 행정 업무 맡고 있는 강승재입니다. 교육 들어가기에 앞서 해녀의 문화를 간단히 소개해 드리고 체험 진행 과정에 대해 안내해 드릴 예정입니다."

인사를 마친 강승재는 조심스럽게 눈치를 볼 수밖에 없었다.

그도 그럴 것이 자신의 눈앞에 있는 세 사람 모두 너무도 한국 사람처럼 생긴 외형에 어떤 이가 자신이 가장 걱정하던 사람인지 알 수 없었다.

심지어는 한참 어려 보이는 이부터 딱 봐도 중년의 나이인 사람까지.

얼핏 보면 정말 가족 여행인가 싶을 정도로 어떤 관계인지 추측할 수 없는 나이대의 세 사람의 모습에 결국 참지 못한 강승재는 단도직입적으로 물었다.

"혹시 그 외국에서 오셨다는 분은 누구시죠?"

"아, 이쪽입니다. 한국에서 살다가 외국에 정착하신 거라,

듣는 건 되는데 외국에 오래 있으시다 보니 말은 조금 서투르세요."

그 말에 강성재가 크게 안도의 숨을 내쉬었다.

"아, 다행이네요. 사실 외국에서 오신 분이 계신다고 해서 어떻게 설명을 해 드려야 할지 조금 걱정했거든요."

"잘 부탁합니다. 킴 선웅입니다."

손을 건네며 악수를 청하는 김선웅의 모습에 한시름 던 강승재가 그의 손을 맞잡고 인사를 한 뒤.

본격적으로 그들을 이끌었다.

"자, 그럼 가 보실까요?"

세 사람은 그를 따라 움직이기 시작했다.

강승재의 안내를 따라간 곳에는 해녀 박물관이 있었다.

원래라면 이론 수업을 통해 해녀의 문화와 전통에 대해 배울 터였지만, 도진의 일행은 보통 학생처럼 긴 수업 일정을 소화하는 것이 아닌 단 하루.

짧은 속성 과외를 하는 느낌이었기 때문에, 빠르게 '해녀'에 대해 알려 주기 위해 생각한 것이 바로 '해녀 박물관'이었다.

박물관에 들어서며 강승재는 천천히 설명을 시작했다.

어촌마을에 대한 설명부터 시작해서 마을이 자리를 잡는 것, 제주에서 많이 먹는 음식부터 시작해 해녀의 전반적인 생활은 물론 그들이 과거 어떤 존재였는지.

"제주의 해녀는 과거에 제주도 수산 총소득의 절반 이상을 차지할 정도로 가계와 지역 경제의 핵심적인 역할을 해 왔습니다."

1층에는 그가 설명하는 대부분의 것이 모형으로 만들어져 있어 설명을 들으며 훑어보면 볼수록 과거 제주도의 모습과 해녀들의 생활에 대해 더욱 상상하기 좋았다.

"제주도를 얘기할 때는 해녀를 빼먹을 수 없을 만큼 아주 중요한 역할이었다고 할 수 있죠."

도진은 강승재의 설명을 들으면 들을수록 '해녀'라는 직업을 가진 이들에 대한 존경심이 부풀어 올랐다.

특히, 2층으로 올라가 본격적으로 해녀의 물질에 대해 설명을 듣고 있자니 그 마음은 점점 더 커졌다.

"직업 특성상 최대 7시간 정도로 길게 잠수를 하게 되는 경우가 잦습니다."

"그렇게 오랫동안 잠수를 하고 있을 수 있는 건가요? 건강에 이상은 없나요?"

김우진이 궁금증을 이기지 못하고 질문했다.

그러자 강승재는 마치 자판기라도 누른 것처럼 술술 대답을 했다.

"물론 능숙한 사람일 경우에는 7시간을 잠수하더라도 이상이 없을 수 있습니다. 다만 조심해야 하는 것은 확실해요."

숨을 고른 강승재가 해녀에 대한 설명이 적혀 있는 안내문을 가리키며 말을 이었다.

"해녀들은 감압병, 이명, 저체온증 등 알고 보면 상당히 위험한 직군입니다. 물질을 하다 보면 바닥에서 수면으로 올라오면서 정신이 아득해지는 경우가 있는데, 이때 정신줄을 놓으면 죽는다는 말도 있을 정도니까요."

"조심하지 않으면 정말 위험하겠군요."

"맞습니다. 그렇기 때문에 해녀들이 잠수를 했다가 수면 위로 올라와서 내쉬는 숨을 숨비소리라고 하는데, 이걸 '생과 사의 경계'라고 표현하거나, '생애 최후의 날숨'이라 하는 경우도 있습니다. 해녀들의 민요에는 '저승길 왔다 갔다'라는 표현이 있기도 하고요."

더불어 워낙 힘든 직업이기 때문에 딸이 태어나면 해녀짓을 시킬 수 없으니 차라리 죽도록 엎어 버린다는 다소 잔인한 내용의 민요가 있을 정도라며 말을 덧붙인 강승재는 한숨을 푹 내쉬었다.

"그렇게 때문에 해녀들은 보통 2인 1조로 조를 짜서 움직이도록 합니다. 누군가 위험에 처했을 때는 바로 알아차릴 수 있도록 말이죠."

조용히 그의 설명을 듣고 있던 도진은 놀란 마음을 다독였다.

목숨을 걸고 하는 일이라니.

이 정도로 위험한 일일 거라고는 상상도 하지 못했다.

하지만 그렇기 때문에 더욱 그들의 프로 정신에 대해 존경심이 차올랐다.

그리고 그런 생각을 하는 것은 자신뿐만이 아닌 것 같았다.

고개를 돌리자 바로 옆에 있던 김선웅은 누가 보아도 한껏 감동받은 얼굴을 한 채 홀로 중얼거리고 있었다.

"멋있어, 대단해……. 어떻게 이렇게……."

덩치에 맞지 않게 눈물까지 글썽이는 그의 모습에 웃음이 터진 도진이었다.

그리고 그런 두 사람을 유심히 지켜보다가 무언가 떠오른 듯 손에 쥐고 있던 수업에 글씨를 휘갈기는 김우진까지.

열심히 설명을 하던 강승재는 아무리 지켜보아도 도무지 알 수 없는 조합의 세 남자에 대한 의문을 뒤로하고, 그들을 다음 일정으로 이끌기 위해 입을 열었다.

"자, 그럼 이제 실전으로 한번 가 볼까요?"

걱정이 섞인 눈빛과 흥미롭다는 눈빛이 뒤섞인 채 동시에 자신을 향하는 세 쌍의 눈동자에 움찔한 강승재가 떨리는 목소리를 애써 숨기며 말했다.

"물질은, 전문 해녀 강사님이 알려 주실 테니, 따라오세요."

그 말에 일렬로 그의 뒤를 따르는 세 사람의 모습은 마치 어미 오리를 뒤따르는 새끼 오리 같은 모습이었다.

'해녀 학교'로 돌아온 도진은 기대에 찬 눈으로 자신의 눈앞에 있는 이를 바라보는 김선웅의 모습에 슬며시 웃음을 참았다.

이미 잠수복을 입은 채 기다리고 있던 여성은 세 사람 중 나이가 가장 많은 김선웅보다도 훨씬 나이가 많아 보였다.

"선생님? Teacher?"

"네, 맞습니다. 이분이 오늘 여러분에게 물질에 대해 가르쳐 드릴 현직 해녀로 일하고 계신 홍경자 여사님입니다."

강승재의 소개를 들은 김선웅이 떠듬거리며 해녀 선생님에게 인사를 건넸다.

"할망, 안녕하십니까!"

어디서 찾아보고 알아 온 건지 제주도 사투리를 써 가며 인사를 하는 김선웅의 모습에 할머니뻘의 선생님이 웃음을 터트리며 말했다.

"듣는 할망 서운하게, 할망 아니고 삼촌!"

"삼촌? What is 삼촌?"

"그러게요. 왜 삼촌이라고 부릅니까?"

해녀 선생님과 김선웅의 대화를 듣고 있던 김우진이 강승재를 바라보며 의문을 표했다.

하지만 그 물음에 답한 것은 다름 아닌 도진이었다.

"제주에선 성별에 상관없이 손윗사람을 친근하게 부를 때는 삼촌이라고 한다더라고요."

도진 또한 제주 여행을 위해 알아보다 알게 된 것이었다.

섬은 육지와는 다른 것이 너무도 많았다.

삶의 생활 방식부터 시작해서 식문화의 차이까지, 알아보면 알아볼수록 많은 차이가 있는 것을 느낄 수 있었다.

도진이 제주행을 결정한 가장 큰 이유 중 하나가 바로 그 것이었다.

'식문화의 차이.'

아무리 제주 음식이 육지에도 퍼져 있다고는 하지만, 육지와 섬이 멀면 멀수록 입맛도, 재료도 조금씩 차이가 날 수밖에 없었다.

그렇기에 정말 해당 지역에 내려와 그 음식을 먹는 것과는 다를 수 있었다.

'게다가 물질해서 갓 잡은 재료로 요리를 하면 얼마나 싱싱하고 맛있을지.'

도진이 저도 모르게 침을 꼴딱 삼키는 사이.

두 개의 잠수복을 가져오는 강승재의 모습에 도진이 얼굴에 물음표를 띄웠다.

"어? 왜 두 개예요?"

"저분은 안 하신다고 하셔서요."

강승재의 손끝을 따라 시선을 옮긴 도진은 저 멀찌감치 서 있는 김우진의 모습에 평소답지 않게 목소리를 높여 외쳤다.

"아, 형! 혼자만 빠지는 게 어디 있어요!"

하지만 그런 도진의 불만 어린 말에도 김우진은 꿈쩍도 하지 않은 채 은은한 미소를 지으며 도진과 김선웅을 바라보며 말했다.

"두 분 모두 파이팅입니다."

잠수복을 들고 샤워실로 간 도진과 김선웅은 고무 재질의 잠수복을 입는 것만으로도 땀이 쏟아질 만큼 힘겨웠다.

그들을 따라 들어온 강승재가 그 모습을 보고는 씩 웃으며 다가와 잠수복 안에 물을 한 바가지를 부었다.

그러자 잠수복과 몸 사이에 공간이 생기며 팔다리가 너무 쉽게 들어갔고, 도진이 감탄하며 말했다.

"이게 다 노하우가 있네요."

"그럼요. 다 경험이 쌓여야 알 수 있는 것들이죠."

도진은 거울 속에 비친 낯선 모습에 머쓱하게 자신을 바라보았다.

잠수복에 물안경을 착용하고는 물에 잘 가라앉기 위해 허리에 납이 달린 벨트까지 두르고 나니 제법 해녀들과 비슷한 모습이 되어 있었다.

샤워실 밖으로 나간 두 사람은 물에 들어가기 전 마지막으로 가볍게 몸을 풀고 준비운동을 한 뒤.

몇 가지의 주의 사항을 듣고 드디어 바다로 출발했다.

수영을 못해도 겁내지 않아도 됐다.

잠수복 덕분에 아무것도 하지 않아도 물에 둥둥 잘 떴고, 이마부터 코까지 둥그렇게 덮이는 물안경은 물속에서 시야를 넓혀 주어 허우적거릴 일이 없었다.

오리발까지 착용했기에 조금만 발장구를 쳐도 몸이 앞으로 쑥쑥 가는 게 신기했다.

도진이 물속에서 적응하는 사이.

김선웅은 이미 잠수를 한 건지 보이지 않았고, 멀지 않은 곳에서 해녀가 다가와 도진에게 시범을 보여 주겠다며 순식간에 바닷속으로 사라졌다.

그리고 곧 올라온 해녀의 품에선 성게 서너 개가 있었다.

"이렇게 잠수해서 이렇게 잡아서 이렇게 테왁 망사리에 넣으면 돼!"

설명은 너무 간단했다.

하지만 가장 큰 문제가 있었다.

"잠수가 잘 안 되는데 어떻게 해요?"

몇 번을 시도해도 자꾸만 떠오르는 몸에 도진은 한숨만 내쉬었다.

'물에 잘 가라앉기 위해서 허리에 납을 둘렀는데도 이렇게나…….'

몇 번이나 시도한 끝에 겨우 물속에 거꾸로 들어갈 수 있었던 도진은 바닥에 손이 닿기도 했지만, 바로 눈앞에 보이는 성게를 두고 번번이 수면 위로 올라올 수밖에 없었다.

하지만 포기하지 않고 다시금 몸을 직각으로 굽히면서 머리를 아래로 쑥 미는 느낌으로 힘을 주며 발장구를 친 도진은 겨우 성게 하나를 손에 쥘 수 있었다.

그 후로는 조금 더 수월했다.

수면 위를 여러 번 왔다 갔다가 하며 잠수해 작은 바위를 살짝 들춰내 오밀조밀 모여 있는 성게 무리를 한 아름 품고 다시금 물 밖으로 올라와 테왁 망사리에 잡은 성게를 넣었다.

그렇게 한 시간 남짓 물질을 했을 무렵.

잠수도 어느 정도 익숙해져 건진 수확물들이 담긴 망사리를 끌고 얕은 뭍으로 돌아와 저마다 잡은 것들을 꺼내기 시작했다.

도진은 의기양양한 표정으로 자신이 잡은 것들을 꺼내기 시작했다.

'그래도 이 정도면 나쁘지 않지.'

손이 몇 번 왔다 갔다 하지 않았는데도 망사리에 담아 둔 것들을 모두 꺼냈다.

큼직한 성게 네 개와 문어 한 마리.

"실한 놈들로 잡았네요."

"운이 좋았죠, 뭐."

물에 들어오지 않고 뭍에서 지켜만 보고 있던 김우진의 말에 도진이 어깨를 으쓱하며 대답했다.

하지만 김우진이 고개를 저으며 말했다.

"아니요. 김선웅 셰프님 말입니다."

전혀 예상하지 못한 말에 놀란 표정을 한 도진이 그제야 김선웅의 테왁 망사리를 쳐다보았고.

"와⋯⋯."

한눈에 봐도 묵직해 보이는 그의 망사리에 입을 떡 벌릴 수밖에 없었다.

그리고 이미 그런 김선웅의 테왁 망사리를 본 해녀는 진지한 얼굴로 그에게 무언가를 말하고 있었다.

"그러니까 요즘은 남자들도 해녀가 될 수 있으니까⋯⋯."

"오, 아닙니다. 나는 요리사예요."

"첫 물질에 이 정도라니, 자네는 재능이 있어. 분명 잘할 수 있을 거라니까?"

김선웅은 자기보다 한참은 작은 해녀의 앞에서 몸을 둥글게 만 채 곤란한 얼굴로 손사래를 치고 있었다.

그 모습에 도진과 김우진이 눈을 맞추고 웃음을 터트렸다.

원래 제주 바다에선 마을 주민이나 해녀가 아니면 해산물 채취가 금지되어 있다.

하지만.

"정말 가져가도 되나요?"

"물론이죠, 모처럼이지 않습니까? 이 정도는 많은 양도 아니니 괜찮습니다."

해녀와 몇 마디를 나누던 강승재가 도진과 김선웅이 잡은 해산물들을 가져가도 좋다며 말한 것이다.

그 덕에 기대감에 부푼 얼굴이 된 도진은 이것으로 무엇을 해 먹을지 잠시 고민하다 고개를 들어 강승재를 바라보며 진지한 얼굴로 물었다.

"혹시 주방 좀 빌릴 수 있습니까?"

"아, 네 가능하긴 한데…… 지금 바로 해 드시려고요?"

주방을 빌릴 수 있게 된 도진은 곧장 필요한 재료를 사 오라며 김우진에게 심부름을 시켰고, '해녀 학교'의 주방에 들

어선 도진은 잠시 시설을 둘러보고는 곧장 재료를 손질하기
시작했다.

'생선도 받게 될 줄은 몰랐는데.'

의외의 수확이었다.

도진의 손은 거침이 없었다.

탕! 탕!

큼지막한 생선 손질용 칼이 둔탁한 소리를 내며 뾰족한 이
빨이 가득한 아귀의 떡 벌어진 입을 잘라 냈다.

그러고는 배 부분을 갈라 안에 들어 있던 내장을 제거하고
위와 간을 꺼내 들었다.

도진이 아귀를 손질하는 것을 지켜보고 있던 강승재가 감
탄했다.

'대단하군. 저렇게 빠르고 깔끔하게 배를 가르고 내장을
제거하다니……'

꺼내 든 간은 작은 크기의 아귀가 아니었기 때문에 족히
400g은 되어 보였다.

힘줄 부분을 제거한 간은 핏물을 빼기 위해 미리 준비해
둔 소금물에 담근 후, 위 안의 내용물을 제거하는 도진의 손
놀림이 예사롭지 않다.

한 치의 망설임조차 없는 듯한 그의 손길에 강승재는 눈을
뗄 수 없었다.

생물 생선을 손질하는 일은 바닷가에서 사는 자신에게도

쉽지 않은 일이었다.

게다가 아귀는 그중에서도 손질이 어려운 생선 중 하나였다.

하지만 도진의 손질은 군더더기 하나 없는 이미 완성된 손길이었다.

보통 평범한 주부가 집에서 아귀를 손질하게 되면 최소 15분이 소요된다.

수산시장에서 일하는 숙련된 수산업자들의 경우 평균적으로 10분.

매일같이 생선을 손질하는 일식 요리사의 경우 보통 5분 정도가 걸렸다.

강승재가 시계를 확인했다.

주방에 들어서 요리를 시작한 지 고작 5분도 채 안 지난 시간이었다.

직접 보지 않았다면 믿을 수 없는 상황이 분명했다.

'도대체 어떻게 저런 기술을 익힌 건지 재미있구먼.'

강승재는 도진이 아귀 간을 꺼내 든 순간, 이미 무슨 요리를 할지 예상하였다.

전에 만들었던 음식이다.

안키모라 불리는 음식 말이다.

물론, 안키모 자체는 음식이라 할 수 없다.

정확히 말하자면 푸아그라와 같은 일종의 '식재'에 가깝달까.

그것을 생각한다면 아마 도진이 만드려는 것은 단순히 안키모는 아닐 것이다.

안키모가 내포하고 있는 고소함을 베이스로 한 어떤 음식을 만들어 내려는 게 분명했다.

도진은 빠르게 손을 놀려 아귀 간에 붙어 있는 불순물들을 제거하고는, 물이 담겨 있는 대야에 집어넣었다.

내장 부위인 만큼, 부패가 빠르게 진행되는 만큼, 물에 넣어 조금이나마 부패가 진행되는 속도를 줄이고, 혹여나 남아 있을 불순물들을 털어 내기 위해서였다.

꿀꺽.

강승재는 입안에 느껴지는 듯한 맛에 목울대를 타고 넘어가는 침을 멈출 수 없었다.

그때.

"다녀왔습니다!"

재료를 사 오라며 밖으로 보냈던 김우진과 김선웅이 돌아왔다.

도진은 두 사람을 반기는 척하더니 이내 김우진이 들고 있는 봉지를 열어 재료를 뒤적이며 말했다.

"사 오라는 거 다 잘 사 온 거 맞아요?"

"제대로 사 왔다니까요? 확인해 보세요."

"근데 왜 이렇게 오래 걸렸어요?"

"김선웅 셰프님이 마트 구경이 재밌다고 어찌나 돌아다니던지…….."

투덜거리는 김우진을 뒤로하고 봉투에서 재료들을 꺼낸 도진은 지체하지 않고 손을 움직였다.

금세 소스의 재료를 준비한 도진은 작은 냄비를 꺼냈다.

레몬 슬라이스, 길게 썬 대파, 가쓰오부시 한 움큼, 청양초 반 개와 간장을 작은 소스 냄비에 한꺼번에 넣고 섞은 뒤 약 불에 올려 끓이기 시작했다.

'소스는 이걸로 되었고 이제…….'

도진이 종이 호일을 꺼내 길게 쭉 찢어 조리대 한편에 놓고 다시 칼을 집어 들어 파피요트를 준비했다.

자연주의 요리답게 파피요트는 크게 품이 들지 않는 일이었다.

별다른 조미료 없이 소금과 후추만으로 간을 하게 되는데 대신…….

생선과 어울릴 만한 재료를 골라 넣는 것이 가장 중요했다.

'아귀살은 담백하고 고소한 맛이 일품이지.'

그렇기에 재료 선정 당시 은은한 단맛을 더 높여 줄 양파와 애호박을 고른 뒤, 산미를 가미하기 위해 방울토마토를 첨가했다.

손질한 재료를 호일 위에 차곡차곡 쌓은 뒤 뼈를 발라낸 아귀 살을 적당한 크기로 토막 내 위에 얹고…….

마지막으로 얇게 자른 레몬 세 조각을 아귀살 위에 얹은 뒤 종이 호일을 사탕 모양으로 감쌌다.

도진은 지체 없이 안키모를 꺼낸 뒤, 호일에 감싼 파피요트를 찜기에 얹었다.

다 익은 안키모를 냉장실에 넣어 두고, 끓이던 폰즈 소스를 불에서 내려 채에 거르던 중.

꿀꺽.

어디선가 다시 침을 삼키는 소리가 났다.

소리가 난 곳에는 강승재가 더 이상은 참지 못하겠다는 눈을 한 채 애타게 도진을 바라보고 있었다.

지금껏 '해녀 학교'를 입학하고자 하는 수많은 사람들을 보아 온 강승재는 오늘 온 손님들이 단연 제일 특이하다고 말하고 싶었다.

도무지 알 수 없는 나이대의 조합인 세 남자를 처음 보았을 때는 가족인가 싶었다.

하지만 세 사람이 대화하는 걸 듣고 있자니 또 그런 것은 아닌 것 같았다.

게다가 묘하게 가장 어린 도진이 다른 이들을 대하는 게

스스럼이 없었다.

'어려서 서글서글하게 막내 역할을 하는 건가.'

심지어는 외국에서 오래 살며 국적까지 취득했다는 김선웅은 마치 타고난 것처럼 물질도 잘했다.

조금만 더 배우면 금방이라도 전업 해녀로 살 수 있을 것만 같은 느낌이었다.

그리고 그가 가장 놀란 것은 따로 있었다.

한눈에도 어려 보이는 얼굴을 한 도진은 주방을 안내받자마자 자연스럽게 주방의 집기를 살피더니 필요한 재료들을 읊으며 일행에게 심부름을 시켰다.

그러고는, 마치 이곳이 자기 주방이라도 되는 것처럼 익숙하게 움직이기 시작했다.

빠르고 능숙하게 생선을 손질하는 것은 물론이고 요리를 이어 나가는 모습까지.

모든 과정이 너무 자연스러웠다.

결국 궁금증을 참지 못한 강승재가 입안 가득 고인 침을 삼키며 도진에게 물었다.

"어떻게 이렇게 요리를 잘하시는 건가요? 이쪽 일을 하세요?"

"네, 요리를 업으로 삼고 있습니다. 저기 계신 김선웅 셰프님도 외국에서 요리를 하고 계시고요. 저는 서울에서 가게를 하고 있으니 언제 기회가 된다면 한번 방문해 주세요."

"물론이죠, 영광입니다."

도진의 말에 그제야 그의 요리 실력에 대해 이해한 강승재가 남은 한 사람.

김우진을 바라보았다.

두 사람이 셰프라면 김우진 또한 셰프일지도 몰랐다.

그런 생각에 그를 뚫어져라 쳐다보았지만, 도무지 무엇을 하는 청년인지 알 수 없었다.

생긴 것만 보아서는 곱상하니 잘 차려입은 게 주방 일이라고는 한 번도 해 본 적 없는 부잣집 도련님 같았다.

'물질도 참여하지 않고 해산물에도 딱히 관심은 없는 것 같은데 그러면 도대체 뭐지.'

강승재가 혼자서 의문을 쌓아 가는 것을 느낀 걸까?

김우진이 슬며시 자기소개를 했다.

"저는 글 쓰는 사람입니다. 음식 칼럼 위주로 쓰고, 때때로 방송 출연도 하고 그럽니다."

"아이고, 그게 정말입니까? 우리 학교에 그런 유명인이 오시다니!"

강승재의 과도한 환대에 부담스러움을 느낀 김우진은 화제를 돌리기 위해 급히 입을 열었다.

"저보다는 저기 요리하고 계신 분이 더 유명합니다."

그 말에 강승재가 고개를 휙 돌려 다시금 도진을 바라보았다.

김우진의 갑작스러운 말에 놀란 도진은 잠시 넋을 놓을 수밖에 없었다.

마치 산 제물로 바쳐진 것만 같은 기분이 된 도진이었다.

"이야, 이것 참. 그냥 좀 이상한 일행인 것 같다고 느꼈는데 세 분 다 이렇게 유명하신 분일 거라고는 정말 상상도 못 했습니다."

호쾌하게 웃음을 터트린 강승재는 양손에 접시를 들고 세 사람을 이끌며 말했다.

"제가 이렇게 호강을 해도 되는 건가 싶습니다. 이렇게 유명한 셰프님의 요리를 먹어 볼 기회가 생길 줄은 예상도 못 했네요."

그 말에 머쓱한 웃음을 짓는 도진의 양손에도 먹음직스러워 보이는 요리가 담긴 접시가 들려 있었다.

그 뒤를 따르는 김우진의 손에는 수저와 물이, 김선웅의 손에는 앞접시와 컵이 올려진 트레이가 들려 있었다.

네 사람은 주방에서 멀지 않은 곳에 놓인 테이블에 각자 들고 온 것을 세팅하기 시작했다.

하지만 그럼에도 불구하고 테이블은 족히 서너 명은 더 앉을 수 있을 만큼 큼직했다.

도진은 이렇게 넓은 테이블밖에 없는가 하는 의문에 강승재에게 물었다.

"좀 더 작은 테이블은 없나요? 저희끼리 식사하기에는 너무 넓은 것 같은데."

"아, 아닙니다. 이 정도가 딱 적당해요."

"네? 뭐가 적당해요?"

알 수 없는 강성재의 말에 도진이 의문을 표했지만, 그는 테이블에 앉으면서도 그저 문을 바라보고 있었다.

그렇게 고작 몇 초 지났을까.

이내 '덜컥' 하며 문을 열고 나타난 인물에 도진의 의문이 풀릴 수 있었다.

"무사경 할망들을 오라시냐?(왜 그렇게 할머니들을 오라고 하느냐?)"

문을 열고 등장한 것은 다름 아닌 할머니들이었다.

양손 가득 음식이 담긴 통을 가지고 들어온 세 명의 할머니는 완벽한 제주도 사투리를 구사하고 있었기 때문에 도대체 무슨 말을 하는지 알 수는 없었다.

하지만 그 표정에서 느껴지는 것은 확실히 이 자리가 즐거워 보인다는 것이었다.

강승재가 벌떡 일어나 할머니들의 손에 들린 음식이 담긴 통을 받아 들고는 그들을 자리에 앉히며 말했다.

"에이, 또 말 그렇게 섭섭하게 하실 거예요? 좋으시면서 그러십니다. 이렇게 한가득 맛있는 것도 해 오셨으면서!"

퉁명스럽게 말하는 할머니들에게 마치 손주라도 되는 것처럼 서글서글하게 말한 강승재는 그들을 도진의 일행에게 소개했다.

"여기는 우리 동네에서 물질을 제일 오래하신 할머님들! 여기 가운데 앉은 왕할머니는 우리 동네뿐만 아니라 제주도에서도 제일 오래했어요. 아흔넷이신데도 물질하실 만큼 정정하십니다!"

그러고는 강승재는 도진의 일행을 소개하며 서울에서 온 손님들이 맛있는 걸 해 와서 할머니들에게 꼭 맛보여 주고 싶었다고 말하며 어색한 분위기를 풀었다.

사실 강승재가 이런 만남을 주도한 것은 조금 의미가 있었다.

할머니들과 좋은 요리를 함께 나누고 싶었던 것은 당연히 진심이었고, 그가 할머니들을 이렇게 초대한 이유는 다름 아닌 김우진에게 있었다.

도진과 김선웅이 물질을 하는 동안.

배에 남아 대화를 나누던 김우진은 이런저런 해산물의 제철에 관한 얘기를 하다가 제주 토박이인 강승재에게 물었다.

"여기서 가장 제주 향토 음식을 잘하는 곳은 어디입니까? 추천 한 군데만 해 줄 수 있나요?"

그 말에 강승재는 쉬이 대답할 수 없었다.

맛있는 식당을 추천해 달라고 하는 사람들은 많이 봤어도, 이렇게 제주도의 맛을 느낄 수 있는 곳을 추천해 달라고 한 것은 처음이었기 때문이다.

관광업이 발전한 도시였기 때문에 타지 사람들의 입맛에 맞춰진 맛집은 차고 넘칠 정도로 널리고 널렸다.

그렇지만 진짜 제주의 정체성을 지키기 위한 음식을 만드는 집은 쉬이 찾을 수 없었다.

잠시 고민을 하던 강승재는 생각이 나는 곳을 몇 군데 말할 수 있었지만 영 석연치 않은 기분이었다.

그러던 와중에 도진이 주방을 빌려 달라며 함께 식사하자고 말해 준 덕분에 좋은 생각을 떠올릴 수 있었다.

'가장 제주다운 음식을 문화적으로 체험하기 위해서는, 가장 제주다운 사람의 밥상을 먹어 보는 게 가장 좋지.'

그렇게 강승재는 세 사람과 함께하는 식사 자리에 제주도의 어르신 삼인방을 모실 생각을 하게 된 것이었다.

조금 늦은 점심 식사 자리에 초대받은 어르신들은 강승재의 예상대로 두 손 가득 음식들을 해 왔다.

서울에서 온 청년들이 같이 식사할 거라고 하니 손주를 챙기는 듯한 마음이 된 것이 분명했다.

"아이고, 이렇게 있을 게 아니라 빨리 식사해야지."

강승재는 그렇게 말하고는 빠르게 할머니들이 가지고 온 음식을 세팅했다.

각자의 앞에 밥과 국이 놓였고, 도진이 만든 안키모와 문어숙회, 아귀 파피요트 사이로 다양한 반찬들이 놓였다.

그러자 넓다고 느껴졌던 테이블은 한 상 가득 차고 넘치는 듯한 느낌이 되었다.

가장 나이가 많은 어르신이 수저를 들며 입을 열었다.

"어여, 맨도롱 또똣헌때 호로록 드리싸 붑써."

하지만 완벽한 제주도 사투리에 도무지 그 말뜻을 알아들을 수 없었던 서울 출신 세 사람이 강승재만을 바라보았다.

그 모습에 강승재가 웃음을 터트리며 입을 열었다.

"식기 전에 빨리 드시라고 하네요. 그럼, 다들 맛있게 드십쇼!"

"잘 먹겠습니다."

"맛있게 드세요!"

서로 생소한 음식들을 앞에 둔 사람들은 각자 궁금한 것부터 먹어 보기 시작했다.

강승재는 그중에서도 파피요트를 가장 먼저 집어 들었다.

'생선 요리는 많이 먹어 봤지만, 이렇게 다른 나라의 조리법으로 만든 건 처음인걸.'

기대에 찬 젓가락질로 파피요트를 집어 입에 넣은 강승재는 눈을 크게 뜨며 감탄했다.

아귀의 쫀득한 살이 수분을 가득 머금은 것은 물론이고 레몬의 상큼함과 허브의 향긋함, 그리고 여러 채소의 단맛이 어우러져 입안 가득 싱그러움을 불러일으켰다.

'이거라면 부드러워서 어르신들도 충분히 잘 드실 수 있겠는걸.'

그리고 그렇게 느낀 것은 강승재만이 아닌 듯.

세 할머니의 젓가락도 느리지만 천천히, 쉬지 않고 움직이고 있었다.

한편 도진은 자신의 눈앞에 놓은 국을 빤히 쳐다보았다.

과거에도 지금도 제주도 음식을 먹을 기회가 없었기 때문에 정말 처음 보는 요리였다.

새로운 음식에 관한 두려움은 전혀 없었다.

그저 이 음식이 도대체 어떻게 만들어진 것인지 궁금했을 뿐이었다.

도진은 우선 눈으로 국을 훑어보고는 코 가까이 그릇을 들어 국의 냄새를 맡았다.

그리고는 드디어 수저를 들어 국을 한 모금 입에 머금자 바다의 향이 가득 들어왔다.

'미역은 아닌데, 해초인가?'

뜨끈하고 진한 육수에서는 얼핏 돼지고기의 육향과 함께 고소한 돼지기름의 맛이 혀를 감쌌다.

숟가락을 움직여 몇 번 더 국을 떠먹은 도진은 도저히 이 궁금증을 참을 수 없어 강승재에게 물었다.

"이 국은 이름이 뭔가요?"

그러자 며칠은 굶었던 사람처럼 맛깔스럽게 음식을 먹던 강승재가 입안 가득 든 음식물에 입을 손으로 가리며 대답했다.

"몽욱잉니다."

"네? 몽욱요?"

"아녀, 아뇨. 몽국요."

"몽국?"

"아니, 몽! 욱!"

욕심 가득한 욱여넣은 음식으로 인해 정확한 발음을 할 수 없었던 강승재가 알아듣지 못하는 도진의 모습에 답답함을 느끼고 있자 옆에 있던 김우진이 대신 대답했다.

"몸국입니다. 제주 향토 음식 중의 하나예요."

"몸? 몸이 뭔가요?"

하나의 질문에 대한 답을 얻고는 곧바로 하나의 질문을 더 하는 도진에게 대답을 한 건, 드디어 음식물을 삼킨 강승재였다.

"몸은 모자반의 제주 사투리입니다. 해초류예요. 미역 사촌쯤?"

"육수는 어떻게 내는 겁니까?"

"이 걸쭉함은 어떻게 만든 거죠?"

"돼지고기를 사용한 건가요?"

도진이 질문을 시작하자 덩달아 김선웅도 요리에 대한 궁금증을 늘어놓기 시작하더니.

"아무래도 메밀가루로 농도를 잡은 것 같아요."

"그렇죠? 육수는 얼마나 끓인 건지 궁금합니다. 맛이 아주 진해요."

이윽고 두 사람은 서로가 느낀 요리에 대한 추측을 나눴다.

그리고 결국 두 사람이 도착한 결론은 하나였다.

"어떻게 만든 건지 궁금하네요."

"그러니까 말입니다. 어떻게 배워 볼 수 있다면……."

"가르쳐 줄 사람이……."

레시피에 대한 근본적인 궁금증을 느끼던 두 사람이 아쉬움을 토로하던 그 순간.

눈이 마주친 도진과 김선웅은 동시에 함께 식사하고 있던 세 할머니에게 향했다.

그리고 다시 한번 마음이 통한 듯 서로 눈을 마주쳤다.

"못 배울 건 없죠."

"맞아요, 우린 지금 제주도에 있으니까."

영어로 대화하는 두 사람의 대화를 전혀 알아듣지 못한 할머니들은 아무것도 모른 채 그저 식사에 집중하고 있었다.

그 가운데서 모든 대화를 이해한 김우진만이 고개를 절레절레 저으며 다시금 식사에 박차를 가했다.

원래 도진 일행의 계획은 '해녀 학교'에서 체험을 한 뒤 제주도 곳곳에 있는 향토 음식을 먹어 본 뒤, 시장을 구경하러 갈 생각이었다.

'시장 들른 김에 서울에 보낼 특산품 같은 것도 좀 살까 했는데…….'

하지만 인생은 마냥 계획대로 되지 않는다고 그랬던가.

그 계획은 완전히 틀어져 버렸다.

할머니들을 따라가며 서툰 발음의 한국말로 무언가 열심히 말하고 있는 김선웅의 모습을 뒤에서 지켜보며 그들을 따라갔다.

김선웅과 도진은 궁금증을 이기지 못하고 결국 할머니들에게 몸국은 어떻게 만드는 건지 물어볼 수밖에 없었다.

그리고 세 할머니는 어리둥절한 표정을 짓더니 이내 자신들을 따라오라며 도진의 일행을 이끌었던 것이었다.

천재셰프
회귀하다

어디로 향하는지도 모른 채 할머니들을 따라가던 도진 일행이 이내 도착한 곳은 다름 아닌.

"마을 회관요?"

"What is this place?"

"여기는 왜……?"

생각지도 못한 장소에 이끌려 들어가자 순식간에 자신들을 향하는 수많은 눈동자에 압도되었다.

마을 회관답게 온 동네 어르신들이 모여 있는 듯했다.

셋 중에 가장 나이가 많은 김선웅은 여기서 보면 한참 어린 축에 들 정도로 나이대가 높아 보였다.

"청년들이 여기는 왜 왔어?"

"아이고, 뽀얀 것 좀 보게. 우리 손주랑 나이가 비슷한 것 같은데."

"뭐? 이 양반은 외국에서 왔다고? 외국에서 무슨 일을 하는데?"

"총각, 혹시 결혼은 안 했어? 안 했으면 저기 아랫집에……."

어르신들은 오랜만에 온 젊은 손님들에게 한가득 관심을 퍼부었다.

도진 일행은 쉴 틈 없이 쏟아지는 질문에 어느 것부터 대답해야 할지도 모를 만큼 당황한 채 아무것도 하지 못했다.

그 모습에 그들을 데리고 왔던 가장 나이가 많은 해녀 할머니가 따라오라며 손짓했다.

그러고는 다른 두 할머니가 거실에 자리 잡고 앉아 도진 일행에 대해 설명하기 시작했다.

여전히 궁금증을 해결하지 못한 어르신들은 힐끔거리며 세 사람이 지나가는 것을 지켜봤지만, 그들을 이끌고 가는 것이 가장 큰 어르신이었기에 어쩔 수 없이 아쉬운 마음에 힐끗거리기만 할 뿐이었다.

그리고 세 사람이 도착한 곳은 한쪽 구석에 있는 주방이었다.

동네 사람들이 함께 먹을 음식을 요리할 수 있을 만큼 적당히 넓은 크기의 주방에 도진은 조금 놀랐다.

'생각보다 되게 잘되어 있는데?'

도진이 가만히 서서 주방을 둘러볼 때.

김선웅은 주방 여기저기를 돌아다니며 궁금한 것들은 모두 들쑤시고 다녔다.

"할모니, 이건 뭡니까?"

"오, 여기도 맛있어 보이는 게 있습니다!"

할머니는 그런 김선웅을 진정시킨 뒤, 천천히 앞치마를 둘러메며 말했다.

"빨리 안 움직이고 뭐 하는가."

"네?"

"몸국 만드는 법 알려 달라고 했잖어."

덤덤하게 말하는 할머니의 모습에 도진이 잽싸게 그 옆으로 다가갔다.

여전히 주방 이곳저곳을 둘러보던 김선웅도 마찬가지로 도진의 옆에 붙었다.

김우진만 주방 입구 쪽에서 그런 그들을 바라보며 수첩에 무언가 끄적거리고 있었다.

어느새 밖은 해가 뉘엿뉘엿 진 뒤였지만 도진과 김선웅은 한껏 만족한 얼굴을 하고 있었다.

일정이 바뀌게 된 것은 예상치도 못한 일이었지만, 그만큼 큰 수확이 있었다는 생각이 든 도진은 마을 회관을 나오면서도 다시금 허리를 숙여 꾸벅 인사를 했다.

제주도 향토 음식 중 하나인 몸국은 육수를 내는 데 오랜 시간이 걸렸기 때문에 그사이에 틈틈이 또 다른 제주도의 향토 음식을 배울 수 있었다.

처음엔 가장 연세가 많은 할머니가 요리를 가르쳐 주셨지만, 어느 순간에는 요리 좀 한다며 자신이 있어 하는 어르신들이 오며 가며 하나씩이라도 더 알려 주려고 했다.

"육지에서 그 뭐야, 요리한다며?"

"야유, 삼촌 셰프님이라잖어. 유명한 셰프님!"

"그러면 우리가 뭐라도 얻어먹어야 하는 거 아냐?"

장난기가 가득한 할머니들의 말에 웃음이 가득한 시간이었다.

숙소로 가기 위해 조수석에 올라탄 도진은 운전석에 앉은 김우진을 바라보았다.

"이것 참, 저희 때문에 형이 심심하셨겠어요."

"아닙니다, 셰프님. 구경하는 것도 재미있었어요. 전에도 느꼈지만 요리가 어떻게 만들어졌는지 알고 먹으면 그 맛이 더욱 짙게 느껴지는 것 같습니다. 좋은 경험이었어요."

빈말은 아닌 듯 김우진의 입가에는 슬며시 작은 미소가 걸려 있었다.

도진은 안심하며 아쉬웠던 것에 대해 조심스럽게 털어놓았다.

"그랬다면 다행이지만요. 그래도 물질은 한 번쯤 해 보는 게 좋았을 것 같은데……."

"아뇨. 그건 괜찮습니다, 역시 물에 들어가는 것은 별로라서."

"그나저나 김선웅 셰프님은 정말 상상 이상이었어요. 그렇게 적응을 빨리하실 줄여야. 물을 만난 물고기가 따로 없었어요."

도진이 감탄하며 김선웅에게 물었다.

"정말, 조금만 더 배워서 해녀 해도 되겠다는 말에 진심이 가득했다니까요. 도대체 어떻게 그렇게 잘하시는 거예요?"

하지만 그 물음에도 아무런 대답이 없자, 도진은 이내 김선웅이 앉아 있는 뒷자리를 살폈다.

그리고 조용히 미소를 지으며 다시금 바르게 앉는 도진의 모습에 운전에 집중하고 있던 김우진이 물었다.

"왜 그럽니까? 무슨……."

도진은 김우진의 말이 끝나기도 전에 '쉿.' 하며 검지를 자신의 입에 가져다 대며 낮고 조용한 목소리로 말했다.

"셰프님 주무세요."

도진이 김선웅이 앉은 뒷자리를 확인했을 때.

그는 누가 업어 가도 모를 정도로 입까지 벌린 채 세상모르게 잠들어 있었다.

이내 숙소에 도착한 도진은 김선웅과 함께 호텔 로비에 앉아 김우진을 기다렸다.

김선웅은 여전히 잠이 덜 깼는지 입을 쩍 벌리며 연신 하품을 했다.

'그럴 만도 하지. 잠수를 몇 번이나 했으니, 피곤할 게 분명해.'

도진 또한 익숙하지 않은 물질을 하며 기력을 쓴 탓인지 몰려오는 졸음에 눈이 자꾸 감기려 할 때.

김우진이 두 사람에게 호텔 키 하나를 내밀었다.

"방이 두 개밖에 안 남아서 그렇게 잡았습니다. 디럭스 트
윈은 두 분이 쓰시고 저는 그냥 디럭스 객실 쓰도록 하겠습
니다."

애초에 당일치기로 생각하고 왔던 제주도행이었기 때문에
갑작스럽게 잡은 숙소였다.

방이 남아 있는 것만으로도 감지덕지했던 도진은 호텔 키
를 받아 들며 김우진에게 물었다.

"그런데 그런 거였으면 디럭스 트윈에 엑스트라 베드 하나
더 요청해도 되지 않아요? 아무래도 이렇게 예약하면 예산
이……."

"제 사비로 했으니 괜찮습니다. 제가 누구랑 같이 잘 못
자는 편이라서요. 해야 할 일도 있고요."

단호하게 말하는 김우진의 모습에 더 이상 토를 달 수 없
었던 도진은 여전히 졸고 있는 김선웅을 이끌고 객실로 향
했다.

"그러면 내일 아침에 봅시다."

"네, 조식 시간 맞춰서 봐요."

다른 층의 객실이었기 때문에, 김우진과는 엘리베이터에
서 내일을 기약하며 객실로 향했다.

방에 들어와 김선웅을 먼저 씻으라고 들여보낸 도진은 가

만히 창가에 앉아 철썩이는 파도 소리를 들었다.

오랜만에 제대로 된 쉼을 하는 기분이었다.

좋은 사람들과 좋은 곳에서 좋은 음식을 먹고 좋아하는 것을 배웠다.

전생의 기억을 가지고 과거로 되돌아온 뒤로는 후회를 남기지 않기 위해.

좀 더 빠르게 자신의 꿈을 이루기 위해 쉴 틈 없이 목적을 향해 달리는 경주마 같은 시간을 보냈다고 해도 과언이 아니었다.

그렇기에 고작 일 년이 조금 넘는 짧은 시간 동안, 정말 많은 것들의 결실을 볼 수 있었다.

이 전의 자신이었다면 믿을 수 없을 만큼의 빠른 성과였다.

모든 것은 이미 한 번 겪어 본 덕분이었다.

그렇기에 도진은 가끔, 자신의 이 실력을 있는 그대로 보여도 되는가에 대한 생각을 했다.

이전의 평범했던 열아홉 살의 도진이었다면 할 수 없는 일들을 하는 것이나 마찬가지였기 때문이다.

미래의 기억과 경험을 가지고 과거로 되돌아온 자신이 반칙을 쓰는 것만 같았다.

검은 바다에 하얀 파도가 철썩거리는 소리를 내며 부서지고 있었다.

어디에도 털어놓을 수 없는 고민에 도진의 얼굴에는 수심이 깊었다.

그러는 사이.

씻고 나온 김선웅은 개운한 얼굴이 되어 욕실에서 나왔다.

"도진 씨도 가서 씻으시죠."

"아, 네! 감사합니다."

해결할 수 없는 상념을 다시금 접어 마음속 깊은 곳에 숨긴 도진은 내일을 위해 씻으러 들어갔고.

개운한 얼굴로 욕실에서 나온 순간.

창가의 테이블에 무언가를 잔뜩 세팅해 둔 채 앉아 있는 김선웅의 모습에 깜짝 놀랄 수밖에 없었다.

"셰프님, 이게 다 뭐예요?"

"우리 술 한잔할까요?"

"하지만 전 아직 미성년자라……."

머뭇거리는 도진의 말에 김선웅이 씩 웃으며 도진의 앞에 캔을 내려놓았다.

그러고는 뭘 그런 걸 걱정하냐는 얼굴로 말했다.

"오, 당연히 알고 있죠. 그래서 도진 씨를 위해서는 무알코올 맥주를 준비해 봤답니다."

그냥 마시고 싶은 마음은 굴뚝같았지만, 아직은 미성년자인 제 나이가 여전히 걸렸던 도진은 여전히 망설이는 표정으로 그에게 물었다.

"하지만 무알코올이라도 맥주는 맥주인데, 괜찮을까요?"

"정 그렇다고 하더라도, 제가 함께하니 괜찮지 않을까요? 원래 술은 어른들에게 배우는 겁니다!"

그렇게 말하며 도진을 자리에 앉힌 김선웅은 자신의 맥주 캔을 따서 한 입 시원하게 마신 뒤 물었다.

"그래서 뭐가 그렇게 걱정이 많은 표정을 하고 있습니까?"

"아, 티 났나요?"

김선웅의 말에 머쓱한 표정을 지은 도진이 조심스럽게 입을 열었다.

"사실 이렇게 쉬는 게 오랜만이라, 이런저런 생각이 많이 들어서요."

그렇게 입을 연 도진은 모든 것을 말할 수는 없었지만, 자신의 고민을 털어놓았다.

"사실 지금 제가 남들의 기준으로 생각했을 때 훨씬 더 빠르게 앞으로 나아가고 있잖아요? 그래서 받게 되는 주목도 크고……."

"그런 주목이 부담스러운가요?"

"네, 그리고 제 실력에 대해서도 말이 많이 나오니까요. 이전에는 별다른 경력이 없었는데도 불구하고 남들보다 몇 계단을 뛰어넘어 경력을 쌓고 있으니……."

도진의 말을 잠자코 듣고 있던 김선웅이 시원하게 맥주를 들이켜고는 입을 열었다.

"너무 신경 쓰지 않아도 될 일 같습니다."

"네?"

심각한 표정으로 고민을 털어놓고 있던 도진은 고개를 들어 가벼운 어투로 말하는 김선웅을 바라보았다.

김선웅은 태평한 표정으로 먹태를 신기하다는 듯 냄새를 킁킁 맡더니 마요네즈를 찍어 입에 넣으며 말했다.

"도진 씨는 충분히 그럴 만한 능력이 있는 사람입니다. 남들이 뭐라 그러든지 신경 쓸 필요 없다고 생각해요."

김선웅은 먹태의 맛이 마음에 들었는지 이번에는 몇 개를 더 집어 한입에 넣고 우물거리며 말을 이었다.

"제가 몇 달간 당신과 메일을 주고받으며 느낀 게 있는데 혹시 궁금하지 않나요?"

"네? 뭔가요?"

"그건 바로 당신이 정말 어마무시할 정도로 성실하다는 겁니다."

입안에 든 먹태를 꿀꺽 삼킨 김선웅이 맥주를 벌컥벌컥 들이켜곤 말했다.

"어떤 요리를 주로 하는지, 어떻게 영감을 얻는지에 대해 물어봤을 때 당신이 해 준 답장에 나는 솔직히 좀 놀랐어요. 그렇게까지 상세하게 얘기해 줄 거라고는 몰랐죠. 그리고 그 글에는 당신이 얼마나 성실하게 노력해 왔는지 느껴졌습니다."

김선웅은 도진의 눈을 똑바로 바라보았다.

"당장 오늘만 봐도 그래요. 내가 해녀에 대해 궁금하다고 했더니 맡겨 달라며 이렇게 체험까지 시켜 줬어요."

김선웅은 자신이었다면 아마 먼발치에서 해녀를 바라보고는 그냥 제주도의 식당 몇 군데를 돌아다니는 게 다였을 거라며 얘기했다.

"아무튼 도진 씨는 재능만큼이나 노력을 아끼지 않는 사람이니, 충분히 그 정도의 성공을 누릴 자격이 있다고 생각해요."

"셰프님……."

김선웅은 자신을 바라보는 도진의 감동받은 시선이 머쓱했는지, 급히 맥주를 들며 말했다.

"자, 짠 합시다! 얼른!"

도진은 부끄러워하는 김선웅의 모습에 웃음을 터트리며 캔을 들었다.

무알코올의 맥주는 낯설기 그지없는 맛이었지만, 도진은 어쩐지 이날 밤이 오래오래 기억에 남을 것만 같았다.

ㄹ 침, 도진은 서울로 돌아가기 위해 차에 올랐다.

분명 전날 먹은 것은 무알코올 맥주가 분명했는데도 어쩐지 숙취가 느껴지는 기분이었다.

어쩐지 속이 울렁거리는 듯한 기분에 창문을 연 도진은 그제야 살 것 같다는 얼굴이 되었다.

'어제 너무 늦게 잤나. 피곤해서 그런지 더 힘든 것 같네.'

도진이 해방감을 느끼고 있는 사이.

옆자리에선 운전대를 잡은 김우진이 뒷좌석에 앉은 김선웅을 향해 잔소리를 퍼부어 대고 있다.

"아직 미성년자한테 술이 뭡니까, 술이."

"아니, 무알코올이었는데, 그리고 내가 같이 마셨으니까 뭐 문제는……"

"문제가 없기는 왜 없어요! 한창 클 성장기 애를 밤늦게까지 재우지도 않고!"

그가 이렇게 화를 내는 것도 당연한 일이었다.

분명 오늘 아침 조식을 먹을 시간에 만나자고 한 세 사람이었다.

하지만 조식을 먹기 위해 내려온 사람은 단 한 사람.

김우진뿐이었다.

호텔 내의 조식 뷔페 앞에서 한참을 기다린 김우진은 결국 내려오지 않는 두 사람을 내버려 둔 채 홀로 조식을 먹을 수밖에 없었다.

김우진이 조식을 즐기고 있는 사이.

도진과 김선웅은 전날 술자리의 여파로 완전히 뻗어 있었다.

김선웅은 오랜만에 온 여행이기도 했고 만족스러운 하루를 보낸 덕에 기분이 좋아 사 왔던 맥주 캔을 홀짝거리며 홀로 다 마셔 버렸다.

그것만으로도 모자라 결국 도진이 잠들고 난 뒤 혼자 호텔 내부의 와인바까지 내려가 술을 더 마셨던 김선웅은 숙소로 올라가 잠든 도진을 깨워 주정을 부릴 정도로 만취였다.

덕분에 새벽에 자다 깬 도진은 김선웅의 말을 한참 동안이나 들어 주고는 아침이 되어서야 겨우 잠들 수 있었다.

그 덕에 도진은 조식은커녕 몰려오는 피로 속에 정신을 차릴 수 없었다.

룸미러를 통해 본 김선웅도 도진과 별반 다르지 않은 모습이었다.

감기는 눈은 물론이고 찡그린 미간은 누가 봐도 숙취에 시달리는 모습이었다.

그 모습에 도진은 살풋 웃음을 터트리며 어제를 회상했다.

술에 취해 숙소로 들어와 자신의 볼에 수염을 비비며 사랑한다고 말하는 모습은 마치 아버지의 모습을 닮아 있었다.

'설마하니, 셰프님이 이렇게까지 마시게 될 줄은 몰랐지.'

어느 정도 바람을 맞으며 정신을 차린 도진은 이제야 슬그머니 몰려오는 허기에 배를 부여잡았다.

그러는 사이에도 김선웅을 향한 김우진의 잔소리는 여전

히 이어지고 있었다.

두 사람이 티격태격하는 모습을 지켜보던 도진은 괜히 한마디 했다가 자신에게 불똥이라도 튈까 싶어 조용히 있었지만.

아니나 다를까 김선웅에게 한 소리 하는 것을 끝낸 김우진은 신호가 걸린 틈을 타 도진을 향해 돌아보며 말했다.

"도진 셰프도 그렇습니다. 아무리 그래도 그렇지 오늘 일정을 생각해서 빨리 마무리하고 잤어야죠."

"그게, 그⋯⋯."

도진은 어떻게 말해야 할지 몰라 우물쭈물하는 것을 보자 김우진이 한숨을 폭 내쉬며 말했다.

"앞에 서랍 한번 열어 보세요."

도진은 그의 말에 아무런 말 없이 조수석 앞 글로브 박스를 열었고, 그 안에는 편의점 비닐 봉투가 있었다.

무엇이 든 것인지 알 수 없어 의문을 느끼며 봉투를 꺼내자 유명한 브랜드의 숙취 해소제와 피로 회복제가 들어 있었다.

"이건?"

"피로회복제는 도진 셰프 겁니다. 그 숙취 해소제는 김선웅 요리장님 거예요. 어제 그렇게 마셨으니 이따 비행기에서 실수하지 않으려면 빨리 술 깨야 할 것 아닙니까."

퉁명스럽게 말하는 김우진이었지만, 그 말 안에는 도진과 김선웅을 걱정하는 마음이 가득 담겨 있었다.

새삼스럽게 이런 걱정을 해 주는 이가 있다는 것에 묘하게 기쁜 마음이 된 도진이 김우진을 향해 감사의 인사를 건넸다.

"감사합니다, 우진이 형."

도진에게 숙취 해소제를 건네받은 김선웅도 김우진에게 요란 법석을 떨며 인사했다.

"감사합니다, 우지니 형!"

누가 봐도 도진을 따라 한 듯한 서툰 발음의 한국말에 김우진과 도진은 웃음을 터트렸다.

한식 파인다이닝

세 사람은 늦은 점심쯤이 되어서야, 서울에 도착할 수 있었다.

"막상 다시 돌아오니까 좀 아쉽네요."

"그러니까요. 근데 여행이 목적은 아니었으니까 어쩔 수 없죠."

"다음을 또 기약해 봅시다, 그럼 저는 이만."

김우진은 내심 아쉬운 기색을 내비치며 도진과 김선웅에게 인사를 건넸다.

한참 전부터 잡아 두었던 인터뷰 일정을 차마 취소할 수 없었던 그였기에, 어쩔 수 없이 두 사람을 두고 돌아선 김우진은 택시를 타러 가는 길에도 몇 번이고 두 사람을 뒤돌아보았다.

'참, 안 그렇게 생겨서는 정이 많단 말이야.'

도진은 그런 김우진이 한참 더 멀어질 때까지 배웅해 준 뒤.

김선웅의 손을 붙잡고 이끌었다.

"자, 그럼 우리도 가 볼까요?"

그길로 곧장 택시를 타고 이동한 두 사람이 도착한 곳은 다름 아닌 KTBN 방송국의 앞이었다.

방송국 앞에는 강 작가가 애타게 그들을 기다리고 있었다.

"도진 씨! 와, 진짜 도진 씨 아니었으면 어떻게 됐을지 모르겠다니까. 정말 고마워요!"

강 작가는 도진이 택시에서 내리자마자 그의 손을 붙잡고는 위아래로 격하게 움직이며 감사의 인사를 건넸다.

이게 다 어찌 된 일인고 하니.

이전에 '냉장고를 보여 줘!'의 작가로 있던 그녀가 이번에 새로 만들어진 프로그램인 '맛 대 맛'의 메인 작가로 들어가게 되었다.

본인이 가장 메인이 되는 작가로 처음부터 시작한 프로그램은 이것이 처음이었기에 잘하고 싶었고, 잘되어 가는 듯했다.

갑작스러운 출연진의 펑크만 아니었다면.

고정으로 출연하던 셰프도, 강 작가도 서로의 사정으로 인해 곤란해하던 찰나.

마침 함께 촬영을 했던 최석현이 밑져야 본전 아니냐며 도진과 김선웅에 대해 얘기했다.

제주도에서 그 소식을 들었던 도진은 김선웅과의 술자리에서 방송 출연에 대해 넌지시 물었고.

"오, 저야 환영입니다! 다른 셰프님들과도 교류할 기회가 생기다니. 정말 운이 좋네요."

김선웅은 오히려 좋다는 듯한 반응을 보이며 어떤 방송이고 누가 나오는지에 관해서 물어볼 만큼 열정을 보였다.

그렇게 두 사람은 서울에 도착하자마자 KTBN의 방송국 앞에 도착했고.

"정말 이렇게 갑자기 공석이 생길 줄은 몰랐는데, 도진 씨도 그렇고 김선웅 셰프님도 흔쾌히 알겠다고 해 주셔서 얼마나 다행인지."

두 분 아니었으면 정말 큰일 날 뻔했다며 말하는 강 작가는 두 사람을 이끌고 대기실로 향했다.

"자, 여기서 옷 갈아입고 나오시면 저희 스태프가 촬영장까지 안내해 드릴게요!"

그렇게 말하고는 휙 사라진 강 작가의 뒷모습을 보며 김선웅이 넌지시 물었다.

"그러니까, 한국 사람들은 원래 저렇게 '빨리빨리'인 게 맞지?"

그 말에 도진이 웃음을 터트리며 옷을 갈아입었다.

"음, '빨리빨리'가 맞긴 한데 강 작가님이 오늘 유독 더 빠르시네요. 마음이 급한가 봐요."

"나는 다들 저 정도인 줄 알고 정말 깜짝 놀랐어."

자신도 저렇게 빨리 움직여야만 하는 줄 알았다며 말하는 김선웅의 모습에 도진 또한 웃음을 터트렸다.

"자, 얼른 옷부터 갈아입고, 대기실로 갑시다. 다른 셰프님들 궁금하다면서요!"

도진은 빠르게 옷을 갈아입은 뒤 어안이 벙벙한 채 멀뚱히 서 있는 김선웅을 이끌고 세트장으로 향했다.

그곳에는 반가운 얼굴들이 있었다.

"도진 군, 오랜만입니다. 요즘 가게 너무 잘되는 것 같던데요."

"그러니까요. 위기 의식 느껴질 정도라니까요."

이대로는 안 되겠다며 자신들도 좀 더 분발해야겠다고 장난스럽게 말하는 최석현과 지난 '냉장고를 보여 줘!' 촬영을 함께했던 유현욱에 도진이 웃음을 터트렸다.

"이거 저 놀리시는 거죠? 진짜 너무들 하시네."

책망 어린 말을 하면서도 입가에는 웃음을 가득 머금은 도진이 김선웅을 소개했다.

"이쪽은 오늘 촬영을 흔쾌히 허락해 주신 김선웅 셰프님입니다. 원 스타 호텔 파인다이닝 운영하시다가 이번에 따로 나와서 새로 시작하실 준비를 하고 계세요."

"반갑습니다. 킴 선웅입니다."

"예전에 한번 셰프님 파인다이닝에 방문한 적이 있었는데, 이렇게 뵙게 될 줄은 몰랐네요. 유러피안 다이닝 운영 중인 최석현입니다."

"저는 완전히 초면이네요. 반갑습니다. 한식 파인다이닝을 하고 있는 유현욱이라고 합니다."

두 사람의 소개를 들으며 악수를 하던 김선웅은 유현욱의 말에 호기심이 가득한 눈으로 그에게 되물었다.

"한식 파인다이닝이라고 하면, 퓨전 한식? 아니면 완벽한 한식인가요?"

"음, 한식을 현대의 조리법으로 조금 변형시킨 느낌입니다. 그냥 한식에 더 가깝다고 할 수 있죠."

"오, 그러면 한식 파인다이닝이라면 코스는……."

김선웅은 이때다 싶어서 궁금한 것들을 모두 쏟아 내기 시작했다.

그에 유현욱은 당황한 듯 가까이 다가오면 쉴 새 없이 날아들어오는 그의 질문을 모두 대답해 주느라 정신이 없었고.

그 모습을 바라보고 있던 최석현이 도진에게 물었다.

"원래 저렇게 거침이 없는 분인가요?"

"맞긴 한데, 아마도 물어보고 싶은 게 많아서 그런 걸 거예요. 이탈리아 한복판에 한식 파인다이닝을 차리려고 하는 와중에 한식 셰프를 만났으니."

화수분처럼 질문을 쏟아 내는 김선웅의 모습에 도진은 못 말린다는 듯 고개를 내저었다.

"궁금한 게 많으실 만도 하죠."

"호오, 이탈리아 한복판에 한식 파인다이닝을 차릴 예정 이라고요?"

그 말에 최석현이 흥미롭다는 듯 김선웅을 바라보았다.

"그거 재미있겠네요."

촬영은 순조롭게 흘러갔다.

게스트 개념으로 촬영을 하게 된 도진과 김선웅에 대한 소 개를 시작으로, 셰프들은 물론 연예인 패널들까지.

화기애애한 분위기로 촬영은 시작되었다.

미리 섭외해 둔 맛집의 요리사들이 촬영장에서 만든 음식 을 MC 두 명이 각각 먹고 맛 표현을 하면 패널들은 둘 중 더 맛있을 것 같은 요리에 줄을 서서 어떤 맛을 먹을지 결정 하는 1라운드.

그리고 직접 그 맛을 토대로 새로운 맛을 만들어 어떤 것 이 더 맛있을지 대결하는 2라운드까지.

도진이 이 프로그램에 대한 설명을 듣고 섭외를 허락한 것은 순전히 김선웅 때문이었다.

타지에 오래 산 그가 이탈리아에서 한식 파인다이닝을 차리기 위해서라면 좀 더 많은, 다양한 한식의 맛을 떠올려야 한다고 생각했고, 그가 이런 경험을 좋아할 것이라고 예상했기 때문이다.

그리고 그 생각은 정확히 맞아떨어진 듯.

김선웅은 촬영 내내 서툰 발음의 한국말로 음식에 관한 질문을 던졌고, 이내 직접 만들어 보는 2라운드가 되어서는 한식 셰프인 유현욱의 팀을 자처하며 그가 요리하는 것을 옆에서 딱 달라붙어 지켜보기까지 했다.

그런 김선웅의 행동에서 진심이 느껴진 덕분일까?

"다들 고생 많으셨습니다!"

"수고하셨어요. 도진 씨 정말 고마워요. 김선웅 셰프님도 감사합니다!"

촬영이 끝난 뒤 강 작가와 인사를 마치고 일정을 다시 검토해 움직이려고 했던 도진과 김선웅을 붙잡는 이가 있었으니.

"혹시 잠깐 시간 괜찮으세요?"

"네?"

바로 유현욱이었다.

"김선웅 셰프님이 유독 한식 관련해서 질문이 많으시다 싶었는데, 새로 준비하시는 가게가 한식 파인다이닝이라고 최

셰프님께 들었습니다."

유현욱은 조심스럽게 김선웅을 바라보며 입을 열었다.

"혹시 이후 일정에 큰 지장이 없다면 제가 저녁 한 끼 대접해 드리고 싶은데, 괜찮을까요?"

"네? 그게 무슨, 너무 실례가 되는 거 아닌가요?"

도진은 그의 말에 놀라 물었지만, 유현욱은 고개를 저으며 대답했다.

"백문이 불여일견이라고, 듣는 것보단 직접 맛보는 게 가장 좋으니까요. 괜찮으시면 저희 가게에서 한 끼 대접해 드리고 싶네요."

유현욱의 제안에 신이 난 김선웅은 혹시라도 그의 말이 바뀌기라도 할까 싶어 급히 대답했다.

"조아요! 절대 부탁합니다!"

그 모습에 도진이 못 말린다는 듯 고개를 저으며 유현욱에게 말했다.

"그럼, 부탁드리겠습니다."

유현욱의 차를 타고 그의 파인다이닝에 도착한 도진은 가게 안으로 들어서며 조심스럽게 기대감을 드러냈다.

"저희 가게랑 정말 가까운데 이렇게 셰프님 가게에 방문하게 될 줄은 몰랐네요."

서울 중심부에서 조금 벗어나 북악산과 북한산이 가까이 있어 멋진 경치를 볼 수 있는 평창동에 위치한 유현욱의 파인다이닝.

실제로 안국역 부근에 있는 도진의 파인다이닝과 멀지 않은 곳에 위치해 있었다.

'언젠가 와 보고 싶다고 생각하긴 했는데……'

도진은 가게의 위치상 외국인 관광객들도 많이 왔기 때문에 완벽한 한식이 아닌 퓨전 한식의 메뉴 위주로 구성되어 있었다.

하지만 유현욱 셰프의 파인다이닝 '두레'의 경우 온전히 한식을 선보이고 있었다.

가게의 오픈을 준비하며 자료 조사를 하던 중에서도 유현욱의 가게는 눈에 띄었다.

심지어 그저 한식인 것이 아닌 사찰식 채소 요리법과 전통 한정식을 셰프만의 독창적이고 진보적인 방식으로 풀어낸 요리를 내는 곳이었기 때문에 언젠가 꼭 한번 와 보고자 했던 곳이었다.

유현욱은 그런 도진의 기대감을 눈치를 챈 것인지 머쓱하게 웃으며 말했다.

"이거 참, 기대를 많이 하신 것 같아 민망하네요."

그렇게 말하면서도 유현욱은 자신감이 가득한 표정을 하

고 있었다.

문을 열고 들어선 그를 따라 가게 안으로 들어가자 가장 정중앙에는 가운데가 뚫려 있는 긴 타원형의 조형물이 있었고, 그 안에는 한 그루의 나무가 심겨 있었다.

그 위에 달린 동그란 조명은 마치 달과 같은 모양을 하고 있어 나뭇가지 사이로 달이 걸려 있는 몽환적인 느낌을 주었다.

"어쩐지 전래동화 속 한 장면에 들어와 있는 듯한 기분이 드네요. 금방이라도 소원을 빌면 동아줄이 내려올 것만 같아요."

"그렇게 봐주시니 감사합니다. 이제 곧 디너 오픈 타임이 다 되어 가서, 두 분은 편하게 식사하실 수 있도록 룸으로 안내해 드리겠습니다."

"저희 때문에 너무 번거로워지신 것은 아닌지 걱정이네요."

"아닙니다. 제가 한 끼 대접하고 싶다고 한 걸요."

도진과 유현욱이 상투적인 대화를 주고받는 사이에도 김선웅은 가게를 둘러보느라 정신이 없었다.

그럴 만도 했다.

들어서자마자 오른쪽 창가 쪽으로 빙 둘러 적당히 넓은 간격을 두고 있는 테이블은 전체적으로 단정한 느낌을 주고 있었다.

그리고 중정을 기준으로 반이 나뉘는 듯 들어서서 바로 왼쪽에는 개방형 주방이 존재하고 있었다.

잡다한 것들이 보이지 않는 것으로 보아 안쪽으로 메인 주방이 있고, 어느 정도 완성된 음식들을 바깥의 개방형 주방에서 플레이팅해서 손님의 테이블로 나가는 구조 같았다.

'플레이팅 하는 걸 보여 주는 것도 일종의 퍼포먼스가 될 수 있으니, 구조 설계를 정말 잘한 것 같네. 그런데……'

아무리 봐도 유현욱이 말한 룸은 어디에 있는지 알 수 없었다.

"그런데 혹시 룸은 어디 있는 건가요? 보이지 않네요."

도진의 말에 유현욱이 씩 웃으며 말했다.

"이쪽으로 따라오시죠."

유현욱은 그들을 창가를 쭉 따라 오픈 키친 뒤쪽으로 이끌었다.

그렇게 유현욱을 뒤따라간 도진과 김선웅은 놀랄 수밖에 없었다.

그러자 주방 뒤쪽으로, 또 다른 공간이 나왔다.

"설마하니 이쪽 뒤에도 공간이 있을 줄은 몰랐어요."

"공간이 너무 특이하고 재미있어요! So interesting!"

흔치 않은 구조였다.

"직접 설계하신 건가요?"

"네, 맞습니다. 어떻게 구조를 짜야 할지 정말 고민을 많이 했어요."

놀란 두 사람을 보며 유현욱은 뿌듯하다는 듯 어깨를 으쓱이며 가게 구조에 대한 설명을 이어 갔다.

가운데에 가벽을 세운 뒤 메인 주방을 만들고 홀 테이블의 손님들에게 요리가 완성되는 과정을 보여 주는 것으로 궁금증을 유발함과 동시에 해결할 수 있도록 했으며.

가벽 뒤쪽으로는 프라이빗한 룸 공간을 만들어 서로의 대화에 좀 더 집중하거나 중요한 손님을 모시게 되는 자리로 사용할 수 있도록 만들었다고 말하는 그의 얼굴에는 자신의 가게에 대한 애정이 가득해 보였다.

"테이블 자리에는 앉을 수 없나요?"

잠자코 유현욱의 흥미롭게 듣고 있던 김선웅이 물었다.

그도 그럴 것이.

테이블이 있는 홀의 자리는 한식에 관한 깊은 관심을 가지고 있는 김선웅의 궁금증을 더 자극하기 좋아 보였기 때문이다.

하지만 갑작스럽게 방문한 것이기에 홀의 자리가 모두 예약되어 있었던 탓에 유현욱이 아쉽다는 듯 말했다.

"아쉽지만 홀은 이미 예약이 다 차 있어서요. 룸 공간밖에 없군요. 그래도 룸에서 보는 바깥 풍경이 아주 좋으니 그걸로 만족해 주시겠어요?"

"아닙니다. 저의 작은 욕심이었을 뿐입니다. 이렇게 초대해 주신 것만으로도 감사하죠. 다음에는 꼭 예약해서 방문할 수 있도록 하겠습니다."

김선웅은 그렇게 말하면서 아쉬운 얼굴을 못내 숨기지 못했다.

하지만 이내.

유현욱의 안내로 룸에 들어서자 그런 생각은 단숨에 사라질 수밖에 없었다.

"우와."

"왜 룸을 이렇게 뒤쪽으로 빼신 건가 했는데, 이쪽에 주방을 두기에는 너무 아쉬운 경치네요."

룸을 들어서자마자 보이는 통유리로 된 창은 푸른 녹음을 가득 머금고 있었다.

"그렇죠? 그래서 공간 구조를 짜는 데 얼마나 고민이 많았던지, 인테리어 업체에서도 쉬운 일이 아니라면서 몇 번이나 다시 생각해 보는 게 어떠냐고 했어요."

쉬운 일이 아니었다며 고개를 젓는 유현욱의 얼굴에서 자부심이 가득 느껴졌다.

도진은 그런 유현욱의 모습을 보며 과연 그가 이렇게까지 애정을 가지고 만든 파인다이닝의 요리들은 어떻게 나올지 기대감에 한껏 들뜰 수밖에 없었다.

    도진과 김선웅은 과연 어떤 요리들이 나올지 기대감을 가득 품고 첫 요리를 기다렸다.

    두 사람이 자리에 앉고 오래 지나지 않아 홀 서버가 두 사람의 앞에 첫 번째 코스를 내왔다.

    첫 번째 메뉴는 오색 빛깔을 띤 바싹하게 건조한 계절 채소였다.

    비트와 연근, 오이, 호박, 그리고 버섯까지.

    간결한 첫 코스였지만 한국적인 색이 가득해서일까.

    김선웅은 자신의 눈앞에 놓인 요리에서 눈을 떼지 못했다.

    홀 서버가 룸에서 나가자 곧이어 유현욱 셰프가 무언가를 들고 들어왔다.

    두 사람의 테이블에 가지고 온 트레이를 내려놓은 그는 요리에 대한 설명을 시작했다.

    제철 과일을 너무 바싹 마르지 않고, 적당히 수분감을 가진 채 바삭함을 느낄 수 있도록 건조시켰다고 말한 그는 이내 자신이 가지고 온 것을 소개했다.

    “이건 씨간장입니다.”

    “씨간장? Sea 간장인가요?”

유현욱의 말에 김선웅이 순수한 표정으로 궁금하다는 듯 물어보는 모습에 도진이 웃음을 터트렸다.

"바다 할 때 그 씨가 아니라 씨앗 할 때 씨예요."

장(醬)을 빼고 한식의 맛을 논하는 것은 불가능하다.

특히 간장은 한국적인 맛을 표현할 수 있는 중요한 요소 중 하나였다.

우리나라의 장 문화는 같은 *두장(*豆醬 : 콩을 발효시켜 만든 장) 문화권에 있는 중국과 일본과는 또 달랐다.

메주를 띄운 다음 된장과 간장이라는 두 종류의 장을 만든 다는 것.

그리고 씨간장을 이용해 겹 장의 형식을 거친다는 점이 달랐다.

더욱이 간장은 한식에서 된장, 고추장과는 다르게 모든 음식의 '간'을 담당한다.

소금처럼 짠맛만 내지 않고, 감칠맛, 단맛, 신맛 등 복합적인 맛으로 음식의 맛을 살렸다.

오죽하면 죽은 조상귀신이 제삿날 씨간장 냄새를 맡고 온다는 민속 이야기가 전해질 정도로 씨간장은 전통 한식을 논할 때 빼놓을 수 없는 것이었다.

"우리 선조들은 예로부터 이웃들과도 간장 맛을 공유해 왔다고 합니다. 간장 맛이 이전보다 좀 못하면 잘 숙성된 간장을 구해다가 섞어서 먹곤 했다지요."

그렇기에 잘 숙성된 씨간장은 아주 중요한 역할을 한다고 말한 유현욱이 한마디를 더 덧붙였다.

　"참고로 이건 100년 된 씨간장입니다."

　"네? 그렇게나 오래되었다고요? 그러면 썩지 않나요?"

　아무것도 모른 채 해맑게 물어보는 김선웅의 말에 유현욱이 설명을 덧붙였다.

　"콩을 발효할 때 미생물들이 다양한 효소를 분비하는데, 이 효소들은 뜨거운 열을 가하면 파괴되지만 적절한 환경에서는 효소가 포자를 형성하면서 다시 효소를 분비하고, 이 과정을 반복하며 씨간장의 맛을 유지시킨답니다."

　김선웅은 그 말에도 의심하는 눈초리를 지울 수 없었지만 도진은 오히려 기대를 감출 수 없었다.

　그도 그럴 것이 씨간장은 그저 오래된 간장이 아닌 '맛있어야 씨간장'이었기 때문이다.

　종갓집에서 오랫동안 지켜 온 가문의 솜씨와 정성이 담긴 씨간장은 놀라운 가격에 책정될 만큼 그 맛이 훌륭했다.

　보통 간장을 만들 때는 해마다 콩으로 메주를 쑨 뒤 1년 이상 묵힌 천일염 간수를 섞어 '햇간장'을 만들고, 여기에 '씨간장'을 섞어 대대로 맛을 이어 내려왔다.

　'씨간장'에 대한 가장 큰 오해는 담근 지 오래된 묵은 간장을 모두 '씨간장'이라 부른다는 것이었다.

　하지만 간장의 씨앗이 될 정도로 '맛있어야' 씨간장이라고 부를 수 있었다.

그래서 짧게는 수년에서 수십 년, 수백 년까지 다양하게 존재할 수 있었다.

'물론 요즘은 그렇게 오래된 씨간장을 찾기 힘들지 만⋯⋯.'

여러 일을 겪은 한반도였기에, 많은 종갓집의 씨간장이 유실되곤 했는데, 100년이나 묵은 씨간장이라니.

씨간장의 중심에는 '맛'이 있고, 그 맛을 지키기 위한 노력에 '시간'이 더해지는 것이었다.

도진은 침이 뚝뚝 떨어질 것 같은 표정으로 씨간장을 탐내듯 바라보았다.

그 눈길을 눈치챈 유현욱이 씩 웃으며 말했다.

"그럼, 한번 먹어 볼까요?"

유현욱은 함께 가지고 온 작은 종지 그릇에 간장을 옮겨 담으며 말했다.

"건조한 채소 칩을 간장에 찍어서 드시면 됩니다."

"네, 감사합니다."

도진은 눈앞에 놓인 간장을 잠시 바라보다가 숟가락을 들고 간장만 먼저 맛보았다.

혹여나 짤 수도 있었지만, 간장은 시간이 지날수록 맛은 강해지고 염도는 낮아졌다.

자연적으로 수분이 증발해 소금 결정과 같은 모양으로 굳으며, 더욱 부드럽고 진한 풍미와 단맛을 냈다.

이러한 씨간장에 대로 담근 햇간장을 붓는 것을 '겹장'이라고 불렀다.

마치 커피를 블렌딩하듯, 묵은 간장과 햇간장을 섞으면 종균이 일정하게 퍼져 나가고.

겹장을 통해 새로 담근 간장도 씨간장의 맛을 낼 수 있는 것이었다.

'그렇기 때문에 종가에서는 마치 불씨를 꺼트리지 않는 것처럼 씨간장을 귀하게 지켰다지.'

조심스럽게 혀끝으로 맛을 본 간장의 첫맛은 짭짤했지만, 이윽고 신맛과 단맛, 감칠맛이 입안에 퍼졌다.

간장의 맛을 본 도진은 순식간에 준비된 채소 칩을 모두 해치웠다.

그리고 입안에 남은 간장의 맛에 '쩝' 하며 아쉬운 소리를 내며 고개를 들자.

눈앞에 앉은 김선웅은 간장 종지에 코를 박듯 그릇 바닥까지 핥고 있었다.

"그렇게 맛있게 드셔 주니 정말 다행입니다."

그 모습에 유현욱이 적잖이 당황한 표정을 숨기며 말했지만.

"네, 이거 혹시 리필 되나요?"

이내 이어진 김선웅의 말에 결국 백기를 들 수밖에 없었다.

도진은 결국 씨간장을 리필 받은 김선웅이 못 말린다는 듯 고개를 저었다.

'나이는 지긋하신 분이 이렇게 요리에 대해서는 호기심이 가득해서 가끔 이렇게 어린아이 같은 모습을 보여 주신단 말이야.'

그런 도진의 생각을 아는지 모르는지.

김선웅은 씨간장이 마음에 든 듯 조금 더 받은 간장을 다 먹고도 아쉬운 마음에 '쩝' 소리를 내며 빈 간장 종지를 바라볼 때쯤.

다음 코스가 나왔다.

방짜유기, 그러니까 일명 놋그릇에 담긴 두 번째 요리는 검은 가루 같은 것이 가득 뿌려져 있었다.

그리고 가운데에는 우유를 풀어낸 듯 뽀얗고 길쭉한 것이 올라가 있었다.

유심히 그것을 바라보던 도진은 이내 요리를 가져온 유현욱에게 물었다.

"화이트 아스파라거스인가요?"

"맞습니다. 흑임자와 아스파라거스를 곁들인 호박죽입니

다."

유현욱의 소개에 김선웅이 감탄하며 말했다.

"오, 흑임자! 오랜만에 먹어 보는 것 같습니다."

"야생 깨를 사용해 향이 더 진할 겁니다. 맛있게 드세요."

도진은 감사하다는 인사와 함께 숟가락을 들어 호박죽을 한 숟가락 떠 입에 넣었다.

"고소한 흑임자 알갱이가 부드러운 호박죽 사이사이에서 느껴지는 게 맛있는걸요."

김선웅은 도진이 먹는 것을 보고는 물로 입을 헹군 뒤 조심스럽게 한 숟가락을 떠 입 안에 머금고는 혀로 천천히 맛을 느꼈다.

달지 않으면서도 진한 맛.

"죽인데도 밥 알갱이가 전혀 느껴지지 않아서 수프 같네요."

호박의 녹진한 맛과 함께 야생에서 체득한 흑임자의 진하고 고소한 향이 코끝을 간지럽혔다.

거기에 적당히 익힌 화이트 아스파라거스의 아삭한 식감까지 곁들여져 입안에서 완벽한 하모니를 이루고 있었다.

만족스러운 얼굴을 하고 호박죽 그릇의 바닥까지 긁어 먹자 타이밍 좋게 홀 서버가 다음 음식을 가지고 들어왔다.

룸으로 되어 있는 곳의 경우 손님의 식사가 어떻게 이어지게 되었는지 알 수 없기 때문에 자연스럽게 다음 코스를 이어 전개하는 것이 쉽지 않았다.

하지만 '두레'는 적당한 시점에서 다음 요리가 나와 주어 코스와 코스 사이의 공백이 그리 길지 않았다.

'그건 분명 직원들이 이 음식이 어떤지 잘 파악하고 있다는 뜻이겠지.'

건더기가 많지 않은 수프는 순식간에 해치울 수 있었다.

식감이 가득한 요리의 경우 좀 더 많은 저작 운동을 필요로 하기 때문에 먹는 데 좀 더 오랜 시간이 걸렸다.

이렇듯 요리의 특성을 잘 이해한다면 음식을 모두 먹는 데 얼마나 걸리는지 얼추 예상할 수 있다.

도진은 홀 서버가 눈앞에 내려놓은 접시를 바라보았다.

꽃잎을 연상시키는 옥색의 접시 정중앙에 플레이팅 된 요리는 그저 보기만 해서는 무엇인지 짐작할 수 없었다.

"더덕 김치 샐러드입니다."

혼자 유추해 보려던 도진은 홀 서버가 요리를 소개하자 놀랄 수밖에 없었다.

사찰 음식

도진은 다시금 자신의 접시를 바라보며 생각했다.

지금껏 자신이 생각하고 있던 김치와는 전혀 다른 비주얼이었기 때문이다.

"김치 샐러드요?"

"네, 김치를 현대의 방식으로 재해석해 반찬이 아닌 하나의 디시로 즐길 수 있도록 샐러드의 형태로 만들었습니다."

김선웅은 홀 서버의 말을 들으며 물을 한 모금 마신 뒤.

이내 숟가락을 들어 가지런히 올라가 있던 샐러드를 파헤치기 시작했다.

"키위랑 포도."

혼자 무언가를 중얼거리더니 이내 한 숟가락 입에 넣고는 맛을 음미하며 다시금 입을 열었다.

"오, 키위가 아니라 오이였군. 그리고 딸기랑 고추가 들어간 것 같은데 고추는 그다지 맵지 않아요."

열심히 요리를 분석하며 맛보는 김선웅의 모습에 도진 또한 기대감을 품고 젓가락을 들어 한 입 입에 넣자 우선 시원한 맛이 입안을 가득 채웠다.

'김치라고 하면 보통 짭짤하고 시큼하니 단맛이 함께 느껴지는 게 맞는데, 전혀 그렇지 않군.'

오히려 이 더덕김치 샐러드는 담백한 맛이 더욱 많이 느껴졌다.

그리고 도진 또한 김선웅이 과일을 읊조린 이유를 알 수 있었다.

"중간에 들어가 있던 게 딸기 소스 같은데 아무래도 그것 때문에 딸기 향이 확 풍기는 것 같아요."

확실히 딸기 소스 덕분인지 그냥 김치가 아닌 마치 과일샐러드처럼 느껴졌다.

도진만 그렇게 느낀 것이 아닌지, 김선웅도 그 부분을 언급했다.

"제가 아는 김치랑은 전혀 달라요. 새빨간 양념에 매콤하고 달콤한, 신맛이 나는 아삭한 김치가 아니라 담백한 맛에 유자 소스와 딸기 소스가 섞여서 새콤달콤한 과일샐러드 같아요."

자신이 생각한 것을 그대로 말하는 김선웅의 모습에 놀란 도진이 말을 덧붙였다.

"저랑 정말 똑같은 생각을 하신걸요. 거기다가 코스 중간에 이렇게 과일이 곁들여진 것도 좀 의외였어요."

"하지만 오히려 눅진한 죽을 먹고 나서 끈적끈적해진 입안이 리프레시 되는 느낌이에요. 이것도 나쁘지 않군요."

같은 의견을 낸 두 사람은 웃으며 이어지는 코스를 즐겼다.

숙성한 제철 회와 장단콩으로 만든 청국장을 더해 한국식 발효의 맛을 느낄 수 있는 어회는 큼직하게 올라가 있는 성게알이 인상적이었다.

그리고 식사가 될 법한 초계 콩국수는 보통 생각하는 비주얼의 콩국수가 아니었다.

넓은 원형 접시에 돌돌 말아져 올린 메밀면 위에 톡 쏘는 겨자와 다른 소스들로 버무린 듯 연녹색을 띤 닭고기.

그 옆으로 뿌려져 있는 세 개의 베이지 색의 콩국은 마치 소스와도 같은 느낌을 주었다.

비주얼도 비주얼이었지만 홀 서버가 접시를 내려놓으며 한 말도 도진과 김선웅의 기대감을 고조시키기에는 딱 좋았다.

"초계 콩국수는 손님들 사이에서도 아주 호평입니다."

자신 있게 호평이라고 말하니, 기대가 되지 않고는 못 배길 수밖에.

도진은 곧바로 젓가락을 들어 눅진한 콩 소스를 찍어 한 입 먹어 보았다.

콩국수는 콩이 주된 재료이다 보니 자칫하면 콩의 비린 맛이 날 수 있어 쉬워 보이면서도 쉽지 않은 요리였다.

하지만 이 소스에서는 콩국 특유의 비린 맛이나 비린내가 전혀 나지 않고 고소한 맛이 극대화되어 있었다.

어떻게 만든 것인지 매우 궁금했다.

그리고 그것은 도진만 그런 것이 아니었다.

"어떻게 이렇게 고소할 수가 있죠? 전혀 비린 맛이 나지 않습니다."

"소스가 묽지 않은 것을 보아하니 콩 퓌레를 만들 때 두부를 함께 넣어서 갈았을지도 모르겠어요."

"그것도 일리가 있는 말이군요. 확실히 두부도 콩으로 만든 것이니 그럴 수도 있겠어요."

도진과 김선웅은 요리를 맛보면서도 이 요리가 어떤 재료를 사용하고, 어떻게 만들어졌는지 파악하는 것을 멈추지 않았다.

일종의 셰프의 직업병과도 같이 느껴지는 두 사람의 대화는, 도진과 김선웅이 얼마나 자신의 일을 사랑하는지 느껴질 정도였다.

그들의 그런 대화는 메인 요리를 먹으면서도 이어졌다.

"두 번째 메인 메뉴인 함양 흑돼지 연 저 육 찜입니다."

마치 한 폭의 수채화처럼 흩뿌려진 오묘한 붉은색을 띤 소스와 얇게 뿌려진 검은색 소스.

그 위로 올라간 큼직한 갈색빛의 고기는 보기만 해도 군침이 돌 정도였다.

"이 위에 올라간 채소는 뭡니까?"

"구운 느타리버섯과 튀긴 해방풍 나물입니다."

"이 소스는 어떤 소스죠?"

"핑크색은 비트 참깨 소스, 검은색은 발사믹 소스입니다. 그리고 밑에 흩뿌려진 파우더는 참기름 파우더입니다."

도진의 호기심을 충족해 준 홀 서버가 자리를 떠난 뒤.

곧장 각각의 소스와 파우더의 맛을 본 도진의 포크는 이내 고기로 향했다.

고기는 칼을 대자마자 스르륵 하고 잘릴 정도로 부드러웠다.

그리고 고기 밑으로는 붉은 밥 알갱이들이 보였다.

"고기 아래에는 고추장 리조또가 있었네요."

"다 먹으면 배부를 것 같습니다."

"하지만 역시 한국인의 밥상에 밥이 빠지면 아쉬워요."

다양한 맛과 식감이 입안을 즐겁게 해 주는 메인의 식사가 끝나 갈 때쯤.

유현욱이 다시금 그들의 룸으로 찾아왔다.

"식사는 맛있게 하고 계신가요?"

그 질문에 도진과 김선웅은 앞다퉈 질문을 쏟아 내기 시작했다.

조리법은 물론이고, 이 재료를 선택한 이유와 이렇게 코스를 구성한 이유 등.

다양한 질문이 오갔지만 결국 두 사람이 묻고 싶었던 것은 하나였다.

"셰프님은 이런 음식을 만들기까지 어떤 경험이 있었나요?"

음식 하나에 셰프의 역사가 담겨 있는 것이나 마찬가지였다.

그렇기에 두 사람은 유현욱이 이 한정식 파인다이닝을 차리기 전,

그리고 이 요리를 만들기 전까지 어떤 삶을 보냈는지 궁금했다.

유현욱도 그 마음을 알아차린 듯, 두 사람의 질문에 답하기 시작했다.

"처음 요리를 배운 건 한국에서였고, 좀 더 넓은 세계의 요리를 배워 보고 싶어 미국도 가고, 런던에서도 있었어요. 런던에서는……."

도진과 김선웅은 그렇게 한참 동안 유현욱의 말을 경청했다.

한편, 평범한 회사원 김정욱은 여자 친구와의 기념일에 어떤 데이트 코스를 짜야 할지 고민이 앞섰다.

"하 씨, 아무거나 할 수는 없고, 이번에는 뭘 해야 하지."

데이트 코스를 짜는 것은 쉽지 않은 일이었다.

여자 친구는 매우 까다로웠고, 조금이라도 마음에 들지 않으면 표정에서부터 티가 났다.

그렇다고 자신에게 패악을 부린다거나 하는 일은 없었지만, 오묘한 표정으로 준비해 줘서 좋다고 말하는 그녀의 모습은 오히려 싫다고 대놓고 말하는 것보다 더 크게 다가왔다.

올해까지 벌써 5년.

매해 자잘한 기념일을 챙기는 것은 보통 여자 친구의 몫이었다.

밸런타인데이, 빼빼로 데이는 물론 다양한 이벤트가 있을 법한 날들을 소소하게 챙기는 것을 좋아하는 여자 친구는 매번 크고 작은 선물을 주곤 했다.

그리고 특히 자신의 생일이면 언제나 본인이 직접 모든 데이트 코스를 준비해 그날은 정말 자신이 특별한 사람이 된 것처럼, 세상에서 가장 행복한 날로 만들어 주었다.

하지만.

'그거랑 비교하면 나는……'

해마다 오는 네 번의 기념일 동안 그녀가 정말 진심으로 활짝 웃으며 기념일을 보낸 것은 단 한 번뿐이었다.

김정욱은 올해는 꼭 진심으로 기뻐하며 웃는 모습을 보고야 말겠다며 굳게 다짐했다.

아직 5주년의 기념일이 다가오려면 2주는 더 남아 있었기에, 김정욱의 친구들은 뭘 그리 유난스럽게 기념일을 챙기냐며 말했지만.

그는 그저 자신이 준비한 것을 통해 여자 친구가 한 번만 더 환하게 웃는 모습을 보고 싶었을 뿐이었다.

그렇게 고심 끝에 여자 친구가 좋아할 법한 생일 선물을 주문한 뒤.

기념일에는 언제나 양식을 먹으러 가곤 했지만.

'이번에는 다 준비해 둔 게 있지.'

얼마 전 친구에게 들은 새로 오픈한 퓨전 한식 파인다이닝.

김정욱은 한식을 좋아하는 그녀를 생각해 새로운 경험을 시켜 주고 싶어 그곳을 예약하고자 했다.

그러나 그가 간과한 게 있었으니.

김정욱이 예약하고자 한 곳은 다름 아닌 도진의 파인다이닝 '손 수'였다.

그리고 그곳은 지금, 이 순간.

서울 도심 내에서 가장 핫한 파인다이닝이라고 봐도 무방했고, 그 말인즉슨.

예약이 하늘의 별 따기보다 어렵다는 뜻이었다.

"혹시라도 취소하는 분이 있으면 꼭 연락해 주세요."

김정욱은 아쉬운 마음을 가득 안고 전화를 끊을 수밖에 없었다.

그리고 자신에게 가게를 추천해 준 친구에게 이 소식을 알리자.

"다른 데 괜찮은 곳이 있는 데 한번 전화해 볼래? 여기는 파인다이닝은 아니라 가격은 훨씬 싼데, 메뉴는 비슷해."

"진짜? 어딘데?"

그렇게 김정욱은 성공적인 예약에 성공하고, 여자 친구의 행복하게 웃는 모습을 상상하며 다가올 기념일을 기다렸다.

"오늘은 정말 감사했습니다."

"별말씀을요. 제가 김선웅 셰프께 도움이 좀 되었으면 좋겠네요."

김선웅은 자신에게 이런 초대를 통해 좋은 경험을 시켜 준 유현욱에게 감사의 인사를 건넸다.

그도 그럴 것이 자신이 하고자 하는 파인다이닝에 조금의 갈피를 잡을 수 있었기 때문이다.

이탈리아 밀라노 그 중심에 자신의 새로운 파인다이닝을, 심지어 한식 파인다이닝을 차리고자 마음을 먹은 뒤.

호텔의 파인다이닝 헤드 셰프의 자리에서 내려왔을 때.

처음에는 자신의 선택이 맞는지에 대한 의문을 가졌다.

할 수 있을 것이라는 확신에 가득 찬 상태로 호기롭게 도전장을 내밀었지만, 김선웅은 책임져야 할 가족들이 있었고.

한식 파인다이닝을 차리기에는 한식에 대한 지식이 너무도 부족했기 때문이다.

'좀 더 배워야만 해.'

기본적인 한식에 대한 지식은 있었지만, 전통 한식은 물론이고 다양한 한식 조리법들에 대해서 부족함을 느꼈기에 한국에 들어와 그에 대해 경험하고자 했고.

우연한 상황들을 거쳐 이렇게 자신이 하고 싶은 한식 파인다이닝을 운영하는 셰프에게 더욱 자세한 설명을 들으며 탐구할 수 있는 기회를 얻게 된 것이 기쁠 수밖에 없었다.

유현욱에게 연신 감사의 인사를 건넨 김선웅은 가게를 벗어나자 도진에게도 인사를 건넸다.

"감사합니다. 도진 씨가 아니었다면 이런 기회는 없었을 것 같습니다."

"제가 뭐 한 게 있다고요."

김선웅의 감사 인사에 도진이 머쓱하게 대답했지만, 김선웅은 정말 도진이 아니었다면 이런 일은 없었을 것으로 생각했다.

도진은 자신에게 몇 번이고 고맙다고 말하는 김선웅의 모습에 머쓱해졌다.

자신보다 나이가 훨씬 많은 이가 이렇게 인사를 하는 것이 어색했던 것은 물론이거니와, 이런 고마움의 표현이 정말 자신을 동료 주방장으로 인정해 주는 것만 같았기 때문이다.

이전까지 함께했던 동료들의 경우에는 결국 도진을 자신보다 어린 사람으로 인식하는 경우가 많았다.

하지만 이렇게 주방 밖에서도 자신을 셰프로 대해 주는 김선웅의 모습에 되레 고마움을 느낄 수밖에 없었다.

게다가.

'내 모든 실력은 결국 경험에서 나온다고 말해 준 사람이지.'

과거로 되돌아와 다른 이들보다 미래의 경험을 가지고 남들보다 앞서 나가는 것이 반칙처럼 느껴져 망설이게 되었던 자신의 마음을 편하게 만들어 준 사람이었다.

그런 결정을 내리는 것도 결국은 경험과 실력이 있기 때문이라며 도진의 발목을 붙잡고 있던 망설임을 털어내 주었다.

덕분에 도진의 마음이 한결 편해진 것은 부정할 수 없는 사실이었다.

생각지도 못한 한식 파인다이닝의 방문에 이렇게도 좋아하는 김선웅의 모습에 도진은 미소를 지으며 말했다.

"자, 그러면 이제, 전남으로 한번 내려가 볼까요?"

김선웅을 위해 준비한 도진의 한식 투어는 아직 끝나지 않은 게 분명했다.

도진이 김선웅을 데리고 향한 곳은 전라남도 장성군에 있는 어느 한 절이었다.

버스에서 내려 도진을 따라 절을 향해 걸어가던 김선웅이 물었다.

"여기는 어디인가요?"

"백암사라고 하는 절입니다. 저희는 오늘 여기서 하룻밤 자고, 내일은 사찰 음식에 대해 배울 예정입니다."

"사찰 음식? 그건 뭐죠?"

김선웅은 처음 들어 보는 듯한 단어에 고개를 갸웃하며 물었다.

도진은 그가 한 번도 사찰 음식에 대해 들어 본 적이 없다는 것이 의외라는 표정으로 물었다.

"한 번도 들어 본 적이 없으신가요?"

"네, 그냥 절에서 먹는 음식을 사찰 음식이라고 하는 건가요?"

김선웅이 사찰 음식에 대해 모르는 것은 사실 당연한 일이었다.

비록 본인은 무교라고 하지만 김선웅의 부모님은 크리스천이었기 때문에 절에 갈 일도, 절밥을 먹어 볼 일도 없었기 때문이다.

게다가 고등학교를 졸업하고는 바로 해외에 나가 살기 시작했기 때문에 살면서 사찰 음식을 접해 볼 일이 없었다.

이런 사실을 듣게 된 도진은 그럴 수도 있겠다며 김선웅에게 사찰 음식에 관해 설명하기 시작했다.

"보통 사찰 음식이라고 하면 절에서 주로 먹는 음식들을 말하는데, 종파에 따라 다르지만, 보통은 채식주의 식단을 표본으로 하고 있어요."

원칙적으로는 시주를 받는 대로 뭐든지 남기지 않고 먹는 것으로 육류라고 가릴 수 없었지만, 국내의 사찰 요리는 자급자족을 원칙으로 대승불교권에서 많이 발달되어 있다.

고로, 현재 전해져 오는 사찰 요리의 대부분은 자연스럽게 채식 위주의 식단이 될 수밖에 없었다.

하지만 도진은 이런 부분이 오히려 한식의 느낌을 살려 주는 것이라는 생각을 했다.

도진 또한 사찰 음식은 처음이었지만, 이번 여행을 위해 찾아보게 되며 새로운 사실을 알게 된 기분이었다.

"채식 위주의 식단이기 때문에 사찰 요리는 다양한 나물들을 수많은 방법으로 조리한다고 하더라고요."

이것은 생각보다 더 어려운 일이었다.

외국, 특히 서양권의 경우 나물을 조리하는 데에 이 정도로 많은 조리법이 있지 않았다.

그렇기에 외국에서 한식 파인다이닝을 차리고자 하고, 양식 위주의 조리법을 사용하는 김선웅에게 이것보다 더 적절한 경험은 없다고 생각했다.

그리고 덩달아 자신도 이번 기회에 좀 더 다양한 한식 조리법에 대해 알 기회이니.

마다할 이유가 없는 결정이었다.

그렇게 사찰 음식에 대한 기대를 가득 품은 그가 백암사의 앞에 도착했다.

원래의 일정이라면 점심쯤 도착할 예정이었으나, 갑작스러운 일정의 변동은 물론이고 유현욱의 식사 초대의 덕분에 해가 어둑해질 무렵 절에 도착한 그들을 반기는 것은 썰렁한 바람뿐이었다.

어디로 가야 할지 두리번거리던 그때.

"안녕하십니까. 어떻게 오신 걸까요?"

단정하게 승려복을 입은 스님이 다가와 물었다.

"안녕하십니까. 사찰 음식에 관해 배우고 싶어서 주지 스님을 뵙고자 왔습니다만…….''

"아, 제가 백암사의 주지입니다. 이쪽으로 오시지요."

자신을 이 절의 주지 스님이라고 밝힌 그녀의 말에 도진은 김선웅을 이끌고 그녀를 따라 이동했다.

그 와중에도 김선웅은 궁금하다는 듯 도진의 곁에 딱 달라붙어 조용하게 물었다.

"주지 스님이 뭔가요?"

"이 사찰을 책임지고 있는 분이라고 생각하면 돼요."

"그런데 우리는 왜 이곳으로 온 건가요? 사찰 음식을 배울 곳이 여기뿐인가요?"

아침부터 제주도에서 서울로 돌아오는 비행기에 낮에는 촬영까지 하고, 기차를 타고 버스를 갈아타며 이곳에 도착한 김선웅은 피로가 섞인 투덜거림을 내뱉었다.

하지만 도진은 그에게 낮게 말했을 뿐이다.

"쉿. 이따 설명해 드릴 테니 지금은 조용히 따라가자고요."

도진이 그의 입단속을 시킨 것은 다름 아닌 절이 너무 조용했기 때문이었다.

원래 방문했어야 하는 시간보다 훨씬 더 늦게 왔는데, 여기서 더 이미지가 나빠지면 안 된다는 생각 때문이었다.

과연 도진이 이렇게까지 스님에게 잘 보이려고 하는 이유는 무엇일까.

그 이유는 바로 도진이 백암사에 방문한 이유가 이곳의 주지 스님께 사찰 음식에 대해 배우고자 했기 때문이다.

그렇다면 왜 이 백암사의 주지 스님이어야만 했을까?

처음 이 생각을 떠올린 뒤 사찰 음식을 배울 수 있는 곳에 대해 수소문했을 때.

주변의 셰프들은 하나같이 이곳을 추천했다.

그만큼 많은 셰프들이 인정할 정도의 실력을 갖추고 있다는 뜻이었다.

도진은 그렇기에 주지 스님에게 잘 보여야 한다는 생각에 긴장을 늦출 수 없었다.

주지 스님은 아무 말 없이 법당 옆 차담실로 이끌어 따뜻한 차 한 잔을 우려 두 사람 앞에 놓아주었다.

"먼 길 오느라 고생 많으셨을 텐데 한 잔씩들 드세요."

도진은 긴장한 채로 차를 들었고, 그 마음을 눈치챈 것인지 주지 스님은 도진을 지긋이 바라보며 입을 열었다.

"사찰 음식에 대해서 배우고 싶으셨으면 서울이나, 그 근방에도 분명 많았을 텐데 어찌 여기까지 내려올 생각을 하셨는지 물어봐도 되겠습니까?"

정곡을 찔린 듯한 질문에 도진이 잠시 아무 말도 잇지 못하다가 겨우 입을 뗐다.

"스님이 사찰 음식에 대해 정통하다고 들었습니다. 많은 분이 추천해 주셨거든요."

주지 스님은 여전히 긴장이 가득한 도진의 말에 웃으며 말을 얹었다.

"저는 수행자입니다. 셰프가 아닙니다."

그 말에 당황한 도진이 아무 말도 못 하자 주지 스님은 한 마디를 덧붙였다.

"그래도 괜찮겠습니까?"

어쩐지 미소 짓고 있는 주지 스님의 입가에 진 주름 사이로 장난기가 가득 보이는 듯한 기분이 들었다.

도진이 없는 서울의 '손 수'는 다행히도 생각보다 안정적으로 돌아가고 있었다.

이 모든 건 도진이 자리를 비우기 전.

그들이 우왕좌왕하지 않도록 시스템을 잘 구축해 둔 덕분이었다.

하지만 그런 도진도 예상하지 못한 것이 있었다.

"오늘 식사는 괜찮으셨나요?"

식사를 마친 손님의 계산을 위해 프런트에 선 홀 지배인이 손님에게 물었다.

그러자 손님은 너무 만족스러운 표정을 하며 대답했다.

"네, 너무 맛있었어요. 역시 본점이 제일 맛있는 것 같아요."

"네? 본점요?"

홀 지배인은 손님의 말에 순간적으로 당황한 티를 감추지 못한 채 되물었고.

그 모습에 되레 손님이 이해할 수 없다는 듯 물었다.

"네. 얼마 전에 분점 내신 거 아닌가요? 이런 파인다이닝 형식이 아니라 캐주얼한 레스토랑 느낌으로요."

"저희는 분점을 따로 낸 적도 없고, 낼 계획도 없습니다만⋯⋯."

손님은 홀 지배인의 말에 놀란 듯 입을 가리며 몇 번이고 의아한 듯 이상하다는 말을 되뇌었다.

"어머, 정말요? 이상하다. 근데 여기랑 느낌이 너무 비슷한데⋯⋯."

그런 손님의 반응에 홀 지배인은 그 가게가 어디인지 물어볼 수밖에 없었다.

그리고 영업이 모두 끝난 뒤.

"수 셰프님, 드릴 말씀이 있어요. 오늘 손님이 말씀해 주신 건데⋯⋯."

성은준에게 이 사실을 알렸다.

그리고 모두가 퇴근한 썰렁한 가게 안에서 두 사람은 손님에게 들은 가게에 대해 찾아보기 시작했다.

손님이 말해 준 가게는 심지어 그리 멀지 않은 곳에 있었다.

고작 지하철로 한 정거장 정도의 거리.

물론 지하철에서 내려서 한참 올라가야 했지만, 차를 타고 간다고 생각하면 10분도 채 걸리지 않을 만한 거리였다.

"가게 분위기는 물론이고, 판매하는 메뉴까지 비슷하네요."

"네, 이래서 손님은 저희가 장사가 너무 잘되니까 분점을 낸 게 아니냐고 물으시더라고요."

"그럴 만도 하겠어요. 심지어 여기는 저희처럼 코스 요리가 아니라 단품이나 세트로 메뉴를 판매하게 되니, 금액이 부담스러운 분들은 이쪽을 찾을 수도 있겠는걸요."

한참을 해당 가게에 대해 찾아보던 성은준은 이 일이 그냥 쉽게 넘어갈 사안은 아니라는 생각이 들었다.

'당장은 도진이가 없으니까 나도 자리를 비우기는 힘들어. 그러면……'

한참을 고심하던 성은준이 어떻게 해야 할지 잠시 고민을 하다가, 핸드폰을 들어 어디론가 문자를 보내고는 홀 지배인을 향해 말했다.

"일단은, 스파이를 보내 보죠."

"네? 그게 무슨……"

"말 그대로입니다. 저는 셰프가 아니다 보니, 제 요리에는 정확한 요리법이라는 게 없어요."

당황해 되묻는 도진의 모습에 주지 스님은 여전히 미소를 지으며 대답하고는 차를 한 입 마신 뒤 말을 덧붙였다.

　"사찰 음식 체험이라는 것도 그저 제가 요리를 만드는 것을 보며 사찰 음식이 담고 있는 의미에 대해 부연 설명을 하는 정도가 다입니다. 제가 과연 두 분이 원하는 바를 만족시켜 드릴 수 있을지 모르겠군요."

　그녀의 말은 마치 요리법에 대해 제대로 알려 주기 힘들다는 듯 들렸다.

　도진은 도저히 의미를 짐작할 수 없는 주지 스님의 말에 당황하며 말했다.

　"그, 그래도 사찰 음식은 스님께서 가장 잘 알고 계신다고 들었고, 저희야 배울 수 있다면 정말 감사하겠지만, 그게 안 된다면 어쩔 수 없다고 생각하고 있습니다만 그래도 한 번만 더 생각을……."

　어찌할 줄 모르겠다는 표정으로 횡설수설하며 말을 하는 도진의 모습에 주지 스님이 '푸흡' 하고 웃음을 참지 못하는 듯한 소리를 내었다.

　도진은 그제야 주지 스님의 얼굴을 제대로 볼 수 있었고, 주지 스님은 이내 시원하고 호탕한 웃음을 터트렸다.

　한참을 웃은 주지 스님은 눈에 고인 눈물을 닦아 내며 숨을 크게 내쉬었다.

　"너무 긴장하신 것 같기에 제가 장난을 좀 쳤습니다. 죄송합니다."

도진은 주지 스님의 말을 듣자마자 긴장이 풀린 듯 어깨에 잔뜩 들어가 있던 힘을 뺄 수 있었다.

그리고 드디어 주지 스님의 얼굴을 제대로 볼 수 있었다.

얼굴에 잔뜩 주름이 질 만큼 함박웃음을 짓고 있는 주지 스님의 얼굴은 도진이 상상했던 것보다 인자했으며, 부드러 웠다.

자신을 바라보는 그녀의 눈빛은 마치 손주를 보는 듯 애정이 가득 담겨 할머니와 같은 느낌을 주었다.

그 모습에 완전히 긴장이 풀린 도진은 한숨을 푹 내쉬며 말했다.

"스님, 정말…… 그런 장난을 치시다니 너무 짓궂으세요."

그런 도진의 모습을 보며 함께 긴장해 있던 김선웅이 대충 상황을 눈치채고 슬그머니 물었다.

"그럼, 요리 배울 수 있는 겁니까?"

"어머, 당연하죠. 말씀드렸다시피 비록 제가 셰프는 아니라 정확한 요리법에 대해 알려 드릴 수는 없지만, 아는 것이라면 무엇이든 알려 드리도록 하겠습니다."

김선웅의 물음에 당연하다는 듯 대답을 한 주지 스님은 일단 밤이 늦었으니 오늘 묵을 곳을 안내해 주겠다며 그들을 이끌었다.

그리고 이내. 딱 두 사람이 잘 수 있을 법한 방을 안내해 준 주지 스님은 도진과 김선웅이 묵을 방을 떠나며 알 수 없는 의미의 한마디를 남겼다.

"내일 일과에 맞춰 깨우러 오겠습니다. 부디 힘들다고 하루 만에 도망가시면 안 됩니다."

"네, 내일 뵙겠습니다!"

그녀의 말뜻을 알 수 없었던 두 사람은 그저 해맑게 내일을 기약하는 말을 했고.

주지 스님은 그런 두 사람의 모습을 보며 방문을 닫고 자신의 침실로 가며 콧노래를 흥얼거렸다.

"음흠흥, 과연 내일 하루 잘 버틸 수 있을는지……."

아직은 해가 뜨기 전인 어슴푸레한 새벽.

풀벌레도 새들도 울기 전인 이른 시간이었지만 백암사의 아침은 벌써 찾아온 듯.

승려복을 입은 스님들은 조용하지만 빠른 발걸음으로 대웅전으로 향하고 있었다.

하지만 도진과 김선웅이 잠들어 있는 방은 여전히 고요하게 정적만이 흐르고 있었다.

어젯밤.

길었던 이동 시간과 촬영의 피로를 채 풀기도 전, 주지 스님의 장난으로 한껏 긴장해 있던 두 사람은 숙소에 들어가 짐을 내려놓자마자 기절할 수밖에 없었다.

미리 준비해 놓은 듯 펼쳐져 있는 이불은 피곤했던 그들에게는 최고의 잠자리였고, 그 덕에 새벽 내도록 푹 잠들 수 있었다.

하지만, 그 단잠도 그리 길지 않았으니.

덜컹— 덜컹.

"두 분, 이제 일어나시지요."

바깥에서 들리는 문고리를 두드리는 소리와 인기척에 뒤척인 도진은 이내 조용한 바깥의 소리에 잠결에 자신이 잘못 들은 것인가 했다.

그러나 곧 이어지는 소리에 그것이 꿈이 아닌 것을 깨달을 수 있었다.

"두 분 안 일어나시면 들어가겠습니다."

이어서 덜컥 하는 소리와 함께 문이 열렸고. 도진은 놀랄 수밖에 없었다.

여전히 어두운 바깥에서 서늘한 새벽 공기가 들어오고 있었다.

찬 바람에 눈을 뜬 도진과 김선웅은 이게 무슨 일인지 알 수 없었다.

그리고 이내 눈을 떠 문 앞에 선 이를 바라보았다.

도진은 방금 깬 덕에 제대로 떠지지 않는 눈을 비벼 가며 자신을 깨운 목소리의 주인이 누구인지 확인하고자 했고.

"주지 스님?"

그 목소리의 주인을 확인하자마자 도진은 눈을 휘둥그레 뜰 수밖에 없었다.

'깨우러 오신다더니 정말 깨우러 오셨잖아?'

알고는 있었지만 이렇게 이른 시간에 자신들을 깨우러 올 줄은 몰랐던 도진은 당황하며 시간을 확인했고.

핸드폰의 시계는 새벽 네 시를 가리키고 있었다.

"그럼, 아침 예불을 드리러 가 볼까요?"

화려한 불빛이 비치는 서울의 도심과는 다르게 주변에 아무것도 없었던 백암사의 새벽은 정말 깜깜했고.

덕분에 두 사람을 깨우러 온 주지 스님의 얼굴은 전혀 보이지 않았지만, 도진은 그녀의 목소리에서 단호한 무언가를 느낄 수 있었다.

"자, 빨리빨리 정신 차리고 이동합시다! 아침 예불은 4시 20분부터 시작이니 얼른 정신 차리고 대웅전까지 가야 해요."

그렇게 눈에 붙은 눈곱을 채 떼기도 전, 두 사람은 아침 예불을 드리러 가야만 했다.

대웅전에는 절 내의 모든 스님들이 모인 듯 그 넓은 공간이 거의 다 차 있었다.

도진은 여전히 잠이 덜 깬 눈으로 주변을 둘러보며 감탄했다.

'생각보다 사람이 더 많았구나.'

처음 경험해 보는 아침 예불은 처음엔 흥미로웠지만, 결국 잠을 이길 수 없었던 도진은 꾸벅꾸벅 졸기를 반복했고, 그것은 김선웅도 마찬가지였다.

인내와 고뇌의 시간이 흐른 뒤.

아침 공양의 시간을 가진 도진과 김선웅은 침구류를 정리하기 위해 방으로 돌아왔다.

아침 공양의 시간은 정말 새로웠다.

정갈하게 하나의 그릇처럼 모두 겹쳐 천으로 쌓인 발우 그릇을 세팅하는 것부터 해서 밥과 반찬, 국을 옮겨 담은 뒤.

공양의 과정을 거쳐 발우 그릇을 깨끗이 씻고 다시 처음과 같은 모양으로 되돌려 놓는 것까지.

어색한 움직임으로 그 모습을 따라 아침 공양을 마친 두 사람은 방에 돌아와 다시금 그들을 떠올리며 감탄했다.

"어떻게 그렇게 허리를 꼿꼿이 세우고 반듯한 자세로 있을 수 있을까요."

"옷소매를 잡는 모습이 너무 우아했어요."

"맞아요. 그리고 정리하는 과정도 모두 물 흐르듯 자연스러워서 너무 신기한 거 있죠."

발우공양의 모든 과정은 허리를 반듯이 한 채 배식을 받고 식사를 마친 뒤 그릇을 정리하는 승려들의 모습은 부드럽지만, 절도 있었다.

그들이 아침 공양 시간을 회상하며 침구를 정리하고 있을 때.

"두 분 다 아침부터 고생 많으셨습니다."

주지 스님이 다시금 그들을 찾아왔다.

"아, 아닙니다, 스님."

"침구 정리 다했으면 이제 사찰 음식 체험을 하러 한번 가볼까요?"

주지 스님은 어젯밤 늦은 시간 도착해 사찰을 둘러볼 틈이 없었던 두 사람을 위해 짧은 사찰 안내를 한 뒤.

이내 요리를 할 수 있는 천진암으로 발길을 옮기며 물었다.

"혹시 아침 공양할 때 제가 했던 말 기억하나요?"

"정확히는 기억나지 않지만, 어렴풋이는 기억납니다."

"교회에는 찬송가가 있듯이 불교에도 교리를 담은 게송이 있는데, 오늘 아침 공양에서 식사 전에 외운 걸 게송이라고 합니다."

주지 스님은 두 사람을 이끌어 평탄하게 다져진 길을 지나 산길에 접어들며 말을 이었다.

"이 음식이 어디서 왔는고. 내 덕행으로 받기 부끄럽네. 마음의 온갖 욕심을 버리고 몸을 지탱하는 약으로 알아 도업을 이루고자 이 공양을 받습니다."

이내 조리 공간에 도착한 주지 스님은 문을 열어 그들을

천재셰프
회귀하다

안으로 안내했다.

"이 내용이 사찰 음식에 대한 근본적인 교리랍니다."

주지 스님은 안으로 들어가 앞치마를 입으며 도진과 김선웅에게 설명을 시작했다.

"저는 공양게를 하면서 상에 오른 밥과 국 그리고 반찬이 음식이 되기에 앞서 '한목숨'이었다는 것을 떠올립니다."

아울러 쌀 한 톨, 배추 한 포기가 길러지고 밥상에 오르기까지 서린 해와 달 그리고 물이나 흙과 바람이 베풀어 준 덕을 떠올리고, 이 음식에 농부를 비롯한 여러 사람의 땀이 서려 있다고 생각한다며 말한 그녀는 발우공양에 대해 이렇게 말을 했다.

"결론적으로 만물과 많은 사람이 애써 가꾼 음식을 먹은 나는 어떻게 살아야 할까 하는 공부와 실천을 해야 한다고 생각합니다."

요리를 시작하기에 앞서 긴 설명이었지만, 도진과 김선웅은 주지 스님의 말에 무언가 깊은 생각에 빠진 듯한 얼굴이 되었다.

그런 그들의 모습에 어딘가 만족스러운 미소를 지은 주지 스님은 손뼉을 짝 소리가 나게 치며 말했다.

"자, 그러면 이제 설명은 이 정도만 하고, 정말 만들어 볼까요?"

그녀의 말에 도진과 김선웅이 시원스럽게 웃었다.

요리만큼은 두 사람 모두 자신이 있었던 덕분이었다.

✦

'손 수'의 휴일을 맞은 성은준은 늦은 오전.

선글라스와 모자, 그리고 마스크까지 쓴 채 어디론가 향했다.

평소와는 다르게 차도 없이 택시로 이동한 그는 목적지에 내려 한참을 그 앞에서 누군가를 기다리는 듯 서성거렸다.

그리고 이내.

"셰프님!"

자신을 부르는 목소리에 깜짝 놀라며 뒤를 돌았다.

성은준을 부른 것은 다름 아닌 '손 수'의 소믈리에 겸 홀 지배인으로 일하고 있는 차정은이었다.

"그렇게 부르면 어떡합니까! 지금 염탐하러 왔는데 저인 거 소문내려고 작정했습니까?"

그의 말에 차정은이 입을 삐죽 내밀며 물었다.

"아니, 그럼 셰프님을 셰프님이라고 부르지 뭐라고 불러요."

"이름으로, 아, 아니지. 이름은 들킬 수 있으니까 준이라고 불러요."

성은준의 말에 차정은은 고개를 갸웃하며 물었다.

"준? 그건 또 뭐예요?"

"유학 갔을 때 썼던 영어 이름이에요?"

"와, 센스 진짜 없다. 알겠어요."

차정은은 질색하는 표정을 하며 그의 팔을 잡아끌며 말했다.

"자, 지금부터 우리는 다정한 연인인 거예요. 아시겠죠?"

"알겠습니다."

두 사람이 이렇게 티격태격하면서도 이곳에 모인 이유는 다름 아닌 지난번, 손님에게 들은 그 가게 때문이었다.

이야기를 들은 당일 휴무였던 직원을 스파이로 보내 가게의 분위기를 보고 와 달라고 부탁한 그는, 이내 가게를 방문하고 돌아온 직원에게 충격적인 사실을 들었다.

"진짜 완전 비슷하던데요? 누가 보면 정말 저희 분점인 줄 알 것 같아요. 메뉴도 그렇고……."

걱정스러운 표정을 하며 말하는 직원의 모습이 여전히 눈에 선했다.

하지만 이 사실을 지금 당장 어떻게 해결할 수 없었던 성은준은 뭐가 어떻게, 얼마나 비슷한지 확인하기 위해 이번에는 본인이 직접 그 가게에 방문한 것이었다.

남자 혼자 가면 혹시나 이상해 보일까 싶어 홀 지배인인 차정은까지 대동해서 말이다.

다행히 차정은은 쉬는 날임에도 흔쾌히 성은준의 부탁을

들어주었다.

가게 앞에 선 차정은은 어딘가 흥미진진한 표정을 하고 있었다.

"이러고 있으니까 무슨 비밀 임무를 수행하러 온 첩자 같네요. 그럼, 어디 한번 제대로 염탐해 보자고요."

혼자 신이 나서 오해받지 않게 풋풋한 연인 행세를 하자며 상황까지 설정한 차정은은 대담하게 성은준의 팔짱을 끼고는 그를 이끌었다.

가게로 들어서는 두 사람의 뒷모습에는 연인의 풋풋함이나 사랑 같은 것은 전혀 느껴지지 않았고.

오히려 어딘가 전투하러 가는 듯한 씩씩한 발걸음에서는 비장함이 엿보였다.

주지 스님의 사찰 음식에 대한 수업이 시작되고 얼마 되지 않은 시간.

자신만만했던 도진과 김선웅의 얼굴은 온데간데없이 여유를 잃은 채 반쯤 넋을 놓고 있었다.

그런데도 주지 스님의 질문을 끊임없이 이어졌다.

스님은 여러 녹색 나물 사이에서 하나를 콕 집어 물었다.

"이건 뭔지 아시겠습니까?"

주지 스님의 물음에 두 사람은 모두 쉽게 대답할 수 없었다.

다 같은 녹색에 얼핏 보면 그냥 주변에서 흔히 자라는 잡초인가 싶을 정도로 보이는 나물들이었는데, 모두 다 다른 것이라니.

타지에서 생활한 지 20년 가까이 되는 김선웅은 모를 수 있다고 쳐도, 도진은 자신이 모르는 나물들이 이렇게 많다는 것이 충격이었다.

'원래 이렇게 나물이 종류가 많았나?'

분명 많이 알고 있다고 생각했는데, 막상 이렇게 질문하는 것에 대해 제대로 대답하지 못하는 자기 모습을 보니 너무 실망스러움이 컸다.

한참을 그녀가 가리킨 나물을 바라보던 도진은 결국 자신이 모른다는 것을 순순히 인정했다.

"잘 모르겠습니다. 어떤 건가요?"

그리고 어떤 나물인지에 대해 다시금 되묻는 도진의 모습에 주지 스님은 미소를 지었다.

"모른다는 것을 인정하는 일은 알기 위한 준비가 되어 있다는 뜻이죠."

주지 스님은 팔을 걷어붙이며 말했다.

"본디 잘 먹지 않는 음식이라면 잘 모르기 마련입니다. 사람은 누구나 모르는 것이 있을 수 있고, 모른다는 것은 부끄

러운 게 아니니, 지금부터 요리를 시작하면서 하나씩 알려
드리도록 하겠습니다."

가장 먼저 표고버섯을 집어 든 스님은 적당히 큼직하고 먹
기 좋은 크기로 자르며 말했다.

"표고버섯은 말려 두었던 것을 물에 불리고, 불린 물을 이
용해 조림을 하는 데 사용하니 불린 물을 보관해 두면 좋습
니다."

그렇게 말하고는 버섯 불린 물을 냄비에 넣고 물이 끓어오
르자, 사찰에서 직접 담은 간이라고 소개한 것을 넣고 동량
의 들기름을 넣고 끓였다.

거품이 올라오는 것을 걷어 낸 뒤 버섯을 넣는 스님에게
김선웅이 물었다.

"왜 버섯 불린 물을 사용합니까? 그냥 생수로 하면 안 되
나요?"

"물론 그냥 생수로 해도 상관없지만, 이렇게 버섯을 불려
뒀던 물로 하게 되면 버섯의 향이 더 잘 살아나게 되어 이리
하고 있습니다."

스님은 준비해 둔 재료들이 많다며 대답을 하는 와중에도
빠르게 손을 움직였다.

"얇고 길쭉한 잎이 작은 부추를 연상케 하는 이 건 세발나
물로 쓴맛이 없어서 요리하기가 좋습니다. 여기에 있는 넓은
잎을 가진 나물은 취나물로 알싸한 특유의 향과 맛이 식욕을

돋워 주기 좋으며…….”

숙주나물에 취나물 무침, 그리고 들깨 순 된장무침에 애호
박 두부찜과 느타리버섯 무침, 오이 버섯 말이, 브로콜리와
봄배추꽃을 이용한 요리와 마를 이용한 요리까지.

가장 처음 시작한 표고버섯 조림까지 하면 총 9개의 요리
를 고작 한 시간 만에 완성해 냈다.

도진과 김선웅은 요리를 하며 설명하는 레시피를 받아적
으면서도 주지 스님의 손길을 놓치지 않기 위해 눈과 손이
바삐 움직였고.

“이제 다 끝난 건가요?”

“먹어 봐도 돼요?”

드디어 눈으로만 보았던 요리를 직접 맛볼 수 있다는 생각
에 설레기 시작했다.

완성된 음식을 한데 모아 두니 다채로운 색과 여러 재료들
의 조화에 절로 감탄이 나왔다.

“이제 점심 공양 시간이니 상차림을 한번 준비해 볼까요?”

도진과 김선웅이 보는 앞에서 만들었던 총 9가지의 메인
음식에다가 잡채, 콩나물 카레, 무장아찌, 김치, 밥과 된장국
까지.

무려 15첩 반상의 진수성찬에 김선웅은 군침을 흘리기 시작했다.

　"두 분 다 앞에 놓인 앞접시에 먹을 만큼 반찬을 덜어서 드시면 됩니다."

　많은 반찬에 무엇부터 먹어야 할지 고민에 빠진 도진은 맛이 가장 연한 순서대로 먹어야겠다는 생각에 봄배추꽃 먼저 손을 옮겼다.

　'복분자 청의 맛이 확 느껴지네.'

　상큼한 복분자 청의 맛이 입안 가득 퍼지며 입맛을 돋워 주는 느낌에 자신의 선택에 만족스러운 미소를 지은 도진이었다.

　꽃의 줄기가 꽤 두꺼웠는데도 여린 꽃이라 씹기는 수월했고, 함께 곁들인 구운 아스파라거스는 조화롭게 입안에서 어우러졌다.

　얇게 슬라이스해서 밑간을 해 둔 오이에 흰 팽이버섯과 갈색 팽이버섯, 색색의 파프리카를 넣고 말아 하나씩 집어서 먹기 좋게 만들어진 오이 버섯 말이는 한눈에 봐도 입안에서 느껴지는 식감이 톡톡 튈 것만 같았다.

　집에서도 간단하게 해먹을 수 있는 것은 물론이고 손님들에게 내기도 좋을 만큼 예쁜 비주얼에 버섯에 복분자청과 오미자청, 그리고 간장으로 간을 해 새콤달콤하며 적당히 간이 되어 짭짤한 맛이었다.

'이건 에피타이저로도 괜찮고, 술안주로도 나쁘지 않을 것 같은데.'

그리고 가장 의외였던 것은 마를 이용한 요리였다.

생마를 식초와 매실청, 소금으로 간을 해 그 위에 절인 오이와 딸기를 얹어 한 입에 먹기 좋은 크기로 되어 있는 모습이 딱 보기에는 예뻤지만, 그 맛이 쉬이 짐작되지 않았다.

마를 생으로 먹어 본 적도 없을뿐더러 거기에 딸기까지 곁들인다니.

도무지 짐작이 안 되는 맛이었다.

그런데 생각보다 간이 세지 않았는데 달콤하고 아삭한 맛이 신기했다.

요리를 맛보면서도 질문은 이어졌다.

도진은 무언가 느껴지던 허전함의 원인을 깨닫고 질문했다.

"생각해 보면 한국인 하면 마늘인데, 나물을 무치거나 할 때 마늘이나 파는 전혀 들어가지 않았네요. 이유가 있나요?"

"그건 사찰 음식의 특성과도 같은 것인데, 사찰 음식에는 오신채가 들어가지 않습니다."

"오신채? 그게 뭔가요?"

"오신채는 마늘, 파, 부추, 달래, 흥거를 뜻하며 이 재료들은 몸에서 열이 나는 기질을 가지고 있어 사찰 음식을 할 때는 이를 금합니다."

주지 스님의 대답에 김선웅이 고개를 갸웃했다.

"열이 나면 따뜻하고 좋은 거 아닌가요?"

"절은 수행을 하는 곳인데 몸에서 열이 나고 에너지가 넘치면 차분하게 가라앉아 수행할 수가 없어 그렇답니다."

미소를 지으며 대답을 한 주지 스님은 그 밖에도 불교 교리나 사찰 음식에 관련된 이야기들도 먼저 꺼내며 식사를 이어 갔다.

화기애애한 분위기 속에 서로 궁금한 것들을 묻고 대답하고 하나씩 맛을 보며 식사를 이어 가자 다채로운 한상 차림은 순식간에 사라졌다.

15첩 반상이었음에도 전혀 과하지 않았다.

적당한 포만감을 느끼던 도진은 이 신기한 경험을 어떻게 표현해야 할지 알 수 없었다.

주지 스님의 요리하는 모습은 모두 지켜보며 레시피를 적기까지 했다.

돌이켜 보면 들어간 양념은 모두 비슷비슷했다.

하지만 완성된 요리는 각기 다른 맛을 냈다.

곰곰이 생각해 보던 도진은 그녀에게 물었다.

"양념은 분명 비슷했는데 어떻게 이렇게 다양한 맛이 날 수 있죠?"

"각 재료의 특성을 생각해 요리했기 때문입니다."

재료마다 가지고 있는 고유의 맛은 모두 달랐다.

천재셰프
회귀하다

그렇기에 그녀는 여린 재료의 간은 약하게, 억센 재료의 간은 세게 양념해서 각 요리의 맛을 조화롭게끔 한 것이었다.

그것은 요리의 가장 기본이 되는 것이기도 했다.

재료의 맛을 살리면서 그것을 극대화해 더욱 맛있는 음식을 만드는 것.

도진은 이 당연한 것을 생각하지 못하고 있었다는 것에 부끄러움을 느꼈다.

그리고 동시에 이 당연한 사실을 다시금 깨닫게 해 준 그녀에게 감사의 인사를 건넸다.

"감사합니다, 스님. 잘 먹었습니다."

도진과 김선웅의 그릇은 마치 설거지라도 한 듯 깔끔하게 반짝거리며 빛나고 있었다.

도진의 눈동자 또한 생기를 가득 머금은 채 반짝거리며 빛나고 있었다.

식사 후 설거지를 하고 머물렀던 방을 치운 뒤.

도진과 김선웅은 마지막으로 주지 스님과 차를 마시게 되었다.

"사찰 음식을 경험해 보셨는데, 어떠셨나요? 셰프님들 앞에서 요리를 하려니 어찌나 민망하든지."

전혀 민망하지 않은 표정으로 민망했다며 말하는 스님의
모습에 도진이 당치도 않다는 표정으로 대답했다.

"저희야말로 이렇게 알려 주셔서 감사합니다. 스님 덕분
에 너무 많이 배워 갑니다."

도진의 말에는 진심이 가득 담겨 있었다.

그도 그럴 것이.

이번에 사찰 음식을 제대로 접하게 되었던 도진은 그녀의
음식에 놀랄 수밖에 없었기 때문이다.

사찰 음식은 마늘과 양파, 고기, 유제품은 전혀 사용하지
않으면서도 미각을 일깨우는 맛이 있었다.

이렇게까지 미각에 강력한 영향을 줄 수 있는 이유는 바로
시간을 쓰기 때문이었다.

아주 오랜 시간 요리를 하며 몇 세기에 걸친 지혜로 만들
어진 음식들이었다.

간장과 고추장, 된장을 많이 사용하는 사찰 음식은 발효를
이용해 저 아래에 있는 맛을 끌어 올렸다.

모자란 간은 소금을 사용하고, 다양한 청을 이용했다.

정제된 설탕은 청을 담글 때를 제외하고는 사용하지 않았
다.

오롯이 재료가 가진 단맛을 이용하거나, 단맛을 표현하고
싶을 때는 조청을 사용했다.

사찰 음식에 쓰인 재료들을 채취한 어디부터가 밭이고 어

디부터가 숲인지 알 수 없는 텃밭은, 화학적 비료 같은 건 일절 사용하지 않았다.

마음을 담아 정성스럽게 씨앗을 심은 뒤에는 오롯이 공기와 물, 햇빛의 힘을 믿고 있는 그대로 자라게 했다.

한 번씩 들여다보며 괜찮은지 살피는 것이 다라는 말이었다.

그렇게 자라난 작물들의 외관은 중요하지 않았다.

벌레가 먹고 모양이 일정하지 않아도 잘 자라난 것으로 충분했다.

중요한 것은 자연과 나누면서 아름답게 가꾸어 나가는 것이었다.

그것은 도진과 김선웅에게 매우 큰 충격이 되었다.

파인다이닝에서는 높은 가격이니만큼 최상의 서비스와 최상의 음식을 내야만 했다.

그렇기 때문에 벌레가 먹은 재료들은 물론이고 이상한 모양의 재료들은 일절 사용하지 않았다.

정형화된 틀을 만들어 내 그에 부합하지 않으면 버리는 것이 일쑤였다.

하지만 사찰 음식은 재료들의 외면보다는 그 재료가 가지고 있는 본질적인 내면의 맛에 집중했으며, 단 하나의 재료도 허투루 쓰는 일이 없었다.

그런 모습들을 보며 도진은 사찰 음식에, 또 한식에 새로운 면을 볼 수 있었다.

그것은 김선웅도 마찬가지였다.

주지 스님의 요리에는 철학이 있었고, 깨달음이 있었다.

두 사람은 서울에 가기 직전까지 주지 스님의 말에 조금이라도 더 귀를 기울이기 위해 노력했고, 더 많은 배움을 얻고자 했다.

그런 모습이 기특해서였을까.

도진과 김선웅이 서울로 향하기 위해 자리에서 일어나며 감사의 인사를 건네고 있을 때.

"너무 잘 배우고 갑니다."

"스님 덕분에 너무 좋은 경험을 했습니다. 감사합니다."

두 사람의 손에 작은 보자기에 싸인 무언가를 건넸다.

"스님, 이건……?"

"간장입니다."

그 말에 김선웅이 깜짝 놀랄 수밖에 없었다.

"간장은 집안의 보물이라고 말씀하셨는데 이렇게 귀한 걸 주셔도 되나요?"

"선물로 드리는 겁니다. 오늘의 경험을 잊지 말라는 뜻이니 잘 이용하셨으면 좋겠습니다."

주지 스님이 인자한 미소와 함께 건넨 말에 도진과 김선웅은 기차에서도 내내 보자기에 싸인 작은 옹기에 담긴 간장이 쏟아질까 노심초사하며 소중하게 품에 안은 채 서울에 도착

천재셰프
회귀하다

했다.

그리고 그와 동시에 온 성은준의 문자에 깜짝 놀랄 수밖에
없었다.

도진은 서울역에 내리자마자 어떻게 알았는지 문자를 보
낸 성은준이 놀라웠다.

하지만 그보다 더 놀라운 게 있었으니.

[은준이 형 : 지금 시간쯤이면 서울 도착했지? 비상이니까 가게로.]

바로 문자의 내용이었다.

'갑자기 비상이라니, 무슨 일이지?'

깜짝 놀란 도진은 문자의 내용을 확인하자마자 김선웅에
게 양해를 구하고 성은준에게 전화를 걸었다.

다행히 '손 수'의 브레이크 타임이었기에 몇 번의 신호음
끝에 수화기 너머에서 성은준의 목소리가 들려왔다.

-어디쯤이야? 언제 와?

성은준은 전화를 받자마자 안부를 묻기는커녕 언제 도착
하냐며 여유라곤 없는 말투로 도진을 재촉했다.

-빨리 와, 이거 좀 중대한 사안이니까!

도진은 그 말에 의문을 느낄 수밖에 없었다.

어떤 내용인지는 말해 주지 않으면서 중대한 사안이라니.

도대체 무슨 일인지 알 수 없었던 도진은 성은준에게 물었다.

"무슨 큰일이길래 그렇게까지 말하는 거예요? 그냥 지금 좀 얘기해 주면 안 돼요?"

그 말에 성은준은 몇 번이나 입을 열었다, 닫았다 반복하며 머뭇거리더니, 조심스럽게 입을 열었다.

-우리 가게랑 비슷한 곳이 생겼어.

"네?"

도진은 놀란 마음을 숨기지 못하고 저도 모르게 되물었다.

"그게 무슨 소리예요? 저희 가게랑 비슷한 가게가 생기다니……."

쉬이 믿을 수 없는 이야기였다.

도진과 성은준이 함께 꾸려 가고 있는 '손 수'는 파인다이닝이었다.

파인다이닝의 특성상 비싼 재료에 손이 많이 가는 요리들을 내고, 좋은 요리뿐 아니라 최상의 서비스를 제공하기 위해 사람을 많이 써 인건비가 많이 들었다.

사실상 파인다이닝의 매출은 축 품목인 와인 같은 주류 메뉴에서 책임진다고 해도 과언이 아니었다.

그렇기 때문에 베껴 간다는 것이 쉬운 구조는 아니었다.

요식업의 경우 베끼기가 비일비재하다는 것은 알고 있었지만, 설마 자신의 가게에 이런 일이 생길 줄이야.

도진은 성은준에게 다시금 물었다.

"그냥 인테리어 같은 게 조금 비슷한 곳인 거 아니에요?"

도진의 물음에 성은준이 한숨을 내쉬며 대답했다.

－하, 그냥 그 정도였으면 말도 안 꺼냈을 거야. 얼마나 교묘하게 카피해 갔는지…….

말을 하면서도 터져 나오는 깊은 한숨을 참지 못하는 성은준의 모습에 도진은 이 일이 그저 웃고 넘길 일이 아니라는 것을 느꼈다.

"알겠어요. 일단 바로 가게로 갈게요."

그렇게 말한 도진은 곧바로 가게로 가기 위해 다시금 짐을 챙겼고.

자신이 전화를 하는 동안 기다려 준 김선웅에게 미안한 표정을 지으며 입을 뗐다.

"셰프님, 죄송해서 어쩌죠. 이다음 일정은 제가 함께하지 못할 것 같습니다."

"오, 아니에요. 괜찮습니다. 들으려고 들은 건 아닌데, 통화하는 분위기가 좀 심각한 것 같더군요. 무슨 일인지 물어봐도 되나요?"

"음, 제가 오픈한 가게를 따라 하는 가게가 있다는 것 같습니다. 자세한 이야기는 저도 매장에 가서 들어 봐야 해요."

　도진의 말을 경청하던 김선웅이 잠시 고민하는 표정을 짓더니, 이내 입을 열었다.

　"혹시 괜찮으면 저도 따라가도 되겠습니까?"

　"네? 하지만 셰프님 일정도 있으신데 괜찮으시겠어요?"

　"괜찮습니다. 지금까지 도진 씨한테 많이 도움을 받았으니, 이제 제가 도움을 드릴 차례인 것 같군요."

　이해할 수 없는 김선웅의 말에 도진의 얼굴에는 물음표가 가득 떠올랐지만.

　김선웅은 그저 미소만 지을 뿐이었다.

카피캣

도진은 김선웅과 함께 곧장 '손 수'로 향했고, 그리 길지 않은 시간이 지나지 않아 가게에 도착할 수 있었다.

브레이크 타임이었기 때문에 가게의 뒷문으로 들어선 도진은 사무실은 들르지도 않고 양손의 짐을 가득 들고 주방으로 향했다.

분명 쉬는 시간이었지만 가득 찬 저녁 예약으로 인해 직원들은 모두 바쁘게 재료 준비를 하고 있었다.

성은준 또한 마찬가지로 다음 날 쓸 소스를 미리 만들어 두기 위해 스토브 앞을 지키느라 정신이 없어 보였다.

도진은 그런 성은준을 불렀다.

"수 셰프님, 저 왔어요!"

그 말에 성은준은 물론 다른 주방의 직원들까지 목소리가 난 곳으로 고개를 돌렸고.

이내 주방 입구 쪽에 선 도진을 보며 밝게 미소 지었다.

"셰프님, 언제 오신 거예요?"

"보고 싶었어요!"

"뒤에 계신 분은 누구세요?"

"셰프님, 이것 좀 도와주세요, 제발…….."

저마다 자신을 반기는 직원들 가운데 성은준은 자못 심각한 표정으로 소스를 다른 셰프에게 맡긴 뒤.

"사무실로 가서 얘기하자."

도진을 사무실로 이끌었다.

성은준은 사무실 문을 '탁' 하고 닫더니 한숨을 푹 내쉬며 노트북을 켜 무언가를 도진에게 보여 주며 말했다.

"다른 손님이 계산하면서 언제 분점 낸 거냐고 물어봐서 알았어."

성은준이 건넨 노트북에는 하나의 글이 켜져 있었다.

"여기가 말한 거기인 거예요?"

도진은 찬찬히 글을 읽기 시작했다.

[제목 : 정갈한 한식 한상 차림이 먹고 싶다면 여기 추천! '손 수 담다'

오랜만에 적는 포스팅인 것 같아요! 여러분 모두 잘 지내셨나요?

천재셰프
회귀하다

저는 오랜만에 저희 부부를 찾아준 손님인 동생 부부와 함께 이번 주말을 알차게 보냈답니다.

미국에서 결혼 생활을 하고 있는 동생 부부가 오랜만에 한국을 찾은 터라 언니만 믿고 따라오라며 한국에서의 일정은 제가 모두 코스를 짰어요.

오늘은 그중에서도 저희 모두가 가장 마음에 들었던 일정이었던 곳을 소개해 드리려고 이렇게 찾아왔는데요!

미국인 동생 남편에게 한국의 문화를 소개해 주기 위해 옛 고성이 있는 경복궁을 방문해 풍경을 즐기고, 그 근처에서 함께 점심 식사를 했는데, 그곳이 정말 마음에 들더라구요.

서사가 조금 길었네요. ㅎㅎ 그럼 가게 소개해 드릴게요!

(가게 내부.jpg)

가게 내부는 이렇게 생겼어요. 한옥 느낌이 물씬 나는 이곳을 보면 어딘가가 떠오르지 않나요?

바로, 서바이벌 국민 셰프의 김도진 셰프님이 얼마 전에 오픈한 파인다이닝 '손 수'!

원래 그곳에 방문하고 싶었는데, 워낙 인기가 많아서 그런지 예약하는 게 쉽지가 않더라구요ㅜㅜ

아쉬운 대로 찾아보다가 바로 이곳을 찾을 수 있었는데, 전체적으로 가게 분위기도 비슷한 것 같아 다른 후기들을 찾아보니 여기가 '손 수'의 분점? 같은 것 같더라구요.

(메뉴판.jpg)

메뉴도 비슷한 게 많고, 가게 분위기며 상호명에, 직원들의 유니폼까지!

장사가 워낙 잘돼서 손님이 몰리나 이렇게 금방 분점을 내신 것 같아요!

그리고 여기는 파인다이닝이 아니라 그냥 레스토랑이라 단품으로 먹고 싶은 메뉴를 주문해서 훨씬 더 저렴한 가격에 맛있는 한식을 즐길 수 있다는 장점이 있었어요. ㅎㅎ

아래는 저희가 시킨 메뉴들인데……]

글을 읽던 도진은 이게 무슨 일인지 도무지 이해할 수가 없었다.

"형, 이게 다 뭐예요? 이거 진짜예요? 몰래카메라 뭐 그런 거 아니고?"

도진이 이렇게 물어볼 수밖에 없었던 이유는, 정말 흐린 눈을 하고 읽어 봐도 자신의 매장과 너무 많이 닮아 있었기 때문이다.

가게의 상호명과 인테리어 하며 메뉴에 전통주로 만든 칵테일, 그리고 직원들의 유니폼까지.

유사성이 너무도 많았다.

한옥을 개조해 만든 한정식집은 많았기에 그리 신경 쓰지 않았다.

메뉴들도 어찌 보면 다른 한식집에서도 볼 수 있을 법한 메뉴들이었다.

하지만 도진은 그 흔한 한식 메뉴에 자신의 주 전공인 프렌치를 섞어 '손 수'만의 방식으로 어레인지했다.

그렇기 때문에 메뉴의 이름이 비슷할 수는 있어도 그 모양새까지 비슷할 수는 없었다.

그런데 블로그에 올라온 글을 보아하니 재료와 양이 조금 차이가 있을 뿐 플레이팅부터 해서 '손 수'의 메뉴들과 너무도 유사했다.

'어떻게 이렇게까지 베낄 수가 있는 거지?'

도진은 머리가 아파져 오는 것을 느꼈다.

하지만 그것이 끝이 아니었다.

"그것보다 더 큰 문제는 따로 있어. 거기 댓글은 안 봤지?"

"댓글이 왜요?"

그 말에 도진은 다급히 스크롤을 쭉 내려 댓글을 확인했다.

　└간서치아줌마 : 저는 도진 셰프님 파인다이닝도 가 보고 여기도 가 봤는데, 역시 본점 이기는 분점은 없는 것 같더라고요.

　└유지나맘 : 어머, 저도 가 보고 싶었는데, 괜찮았다니 다음에 꼭 방문해 봐야겠어요!

댓글은 반반으로 갈리는 듯한 분위기였다.

도진의 가게에 방문해 본 이들은 가능한 '손 수'를 찾는 것을 추천했고, 그렇지 않은 이들은 기대가 된다면 꼭 가 보고 싶다는 댓글이 대부분이었다.

그중에서도 도진의 눈에 꽂힌 댓글의 하나 있었으니.

  ㄴ셀럽언니 : 웬만하면 꼭 '손 수' 본점 가세요. 전 여기는 다신
  안 가려고요. 분점은 맛 관리가 너무 엉망;;

도진의 매장에 방문해 본 적이 있다며 말한 댓글의 작성자는 해당 가게가 완전히 '손 수'의 분점이라고 생각하며 매장 관리를 탓하는 말을 하고 있었다.

이곳이 정말 도진의 파인다이닝인 '손 수'의 분점이었다면 틀린 말은 아니었다.

분점의 전반적인 음식 맛이나, 서비스의 관리는 본점에서 하는 것이 맞았다.

하지만 '손 수 담다'라는 상호명을 가진 이곳은 도진은 전혀 듣도 보도 못한 곳이었다.

'전혀 알지도 못하는 곳이 우리 매장의 분점이라고 소문이 나다니.'

이건 생각보다 더 심각한 문제였다.

도진과 성은준이, 그리고 '손 수'에 애정을 가지고 일을 하

고 있는 직원들이 함께 쌓아 올린 브랜드 이미지의 가치가 떨어지고 있다고 봐도 무방했다.

잘되는 가게의 롤을 참고해 자신들에게 부족한 부분을 개선하고 재해석하는 벤치마킹은 할 수 있었다.

오히려 그런 외식산업의 전반적인 시장이 넓어질 수 있는 긍정적인 움직임이 될 수 있으리라 생각했다.

그러나 성은준이 보여 준 글 속의 가게는 벤치마킹이 아닌 모방을 하고 있었다.

도진은 한참 동안 심각한 표정으로 생각에 잠겨 있다가, 성은준에게 물었다.

"이거, 직접 가서 확인해 봤어요?"

"당연하지. 처음 알게 된 날은 경환이 휴무 날이어서 개한테 부탁했고, 그다음에는 나랑 홀 매니저랑 같이 가서 확인했어."

성은준은 가게에 방문했을 당시 찍은 사진들을 보여 주며 말을 덧붙였다.

"완전 빼도 박도 못할 정도로 따라 한 게 맞는 것 같아."

"하, 이걸 어떻게 해결해야……."

그냥 레시피나 상호를 따라 한 게 아닌 전체적인 인테리어와 분위기까지.

그냥 매장 자체를 복사해서 붙여 넣다시피 한 수준이었기에 도저히 어디서부터 손을 대야 할지 짐작조차 할 수 없었다.

　남들한테서 듣기만 했지, 자신에게 이런 일이 생길 것이라고는 정말 생각지도 못한 도진과 성은준이었다.

　그렇게 서로 마주 보며 한숨만 흘려 대고 있을 때.

　가만히 두 사람을 지켜만 보고 있던 김선웅이 조심스럽게 입을 열었다.

　"그러니까 지금 누가 도진의 가게를 완전히 카피했다는 말인 거죠?"

　"네, 아무래도 그런 것 같아요."

　도진의 대답에 김선웅이 핸드폰을 꺼내며 말했다.

　"아무래도 지금이 제가 나설 타이밍인 것 같군요."

　도진과 성은준은 그가 무엇을 하려는지 알 수 없어 그저 멀뚱멀뚱 그를 바라볼 뿐이었다.

　핸드폰을 꺼내 든 김선웅은 어디론가 전화를 걸더니 몇 마디를 주고받고는 곧 핸드폰을 내려놨다.

　그리고 이내 누군가의 목소리가 들렸다.

　-안녕하십니까, 소리 잘 들리시나요?

　너무 높지도, 너무 낮지도 않은 목소리에 또렷한 발음으로 인사하는 남자에 도진과 성은준은 김선웅을 바라보았다.

그러자 김선웅이 '앗차' 하는 표정으로 두 사람에게 수화기 너머 목소리의 주인공에 대해 소개했다.

"아, 이쪽은 제 동생입니다. 지금 한국에서 변호사로 활동하고 있습니다."

－뭐야, 형 내 소개도 안 하고 그냥 바로 넘겨준 거야? 진짜 못 살겠다.

"이제 소개했으니까 됐지."

티격태격하는 두 사람은 척 보기에도 사이가 좋아 보였다.

"이런 동생분이 있으실 줄은 생각지도 못했네요."

"동생은 저랑 다르게 머리가 좋아서요."

도진의 말에 김선웅이 웃으며 전화 너머로 들리지 않게 도진의 귓가에 소곤소곤하며 말했다.

"나이 차이가 좀 나는 동생입니다만 저보다 형 같을 때도 많은 자랑스러운 동생입니다."

동생에 대한 자랑을 하는 김선웅의 얼굴에는 뿌듯함이 서려 있었다.

도진은 그 모습에 웃으며 김선웅의 동생에게 인사를 했다.

"안녕하십니까. '손 수'의 오너 셰프 김도진이라고 합니다. 김선웅 셰프님께는 항상 신세 지고 있습니다."

－김선웅 셰프 동생 김찬웅입니다. 지금은 '대화로펌'의 파트너 변호사로 일하고 있습니다. 저 실례가 안 된다면 한 가지 여쭤봐도 될까요?

"네, 물론이죠."

-혹시 그 아틀리에 다큐의 그 김도진 셰프님 맞으십니까?

도진은 오랜만에 듣는 반가운 이름에 미소를 지었다.

'여기서 아틀리에의 이름을 들을 줄은 몰랐는데, 방송을 많이들 시청하긴 했었나 보군.'

자신을 알고 있을 줄은 몰랐던 도진이 머쓱하게 웃으며 대답했다.

"네, 맞습니다. 다큐를 보셨나 보군요."

-아유, 그럼요! 다큐 보고 나서 인상 깊어서 그 힘들다는 아틀리에 예약도 성공해서 식사도 했었습니다. 좋은 가게들 많이 다녀 봤다고 자부할 수 있는데, 그중에서도 손에 꼽힐 만큼 정말 멋진 경험이었습니다.

주변인들에게 다큐에 대한 후기를 듣기는 했어도, 이렇게 자신을 아예 모르는 타인에게 방송에 관한 이야기를 듣는 것은 처음이었던 도진은 어찌할 줄 모르며 대답했다.

"그렇게 극찬을 해 주시다니, 감사합니다."

-저야말로 덕분에 좋은 추억 남겼으니 제가 더 감사드리죠. 그나저나 형한테는 그냥 제 도움이 필요하다는 얘기만 들어서 자세한 정황을 모르는데, 도대체 어떤 일로 제 도움이 필요하신 건가요?

"아, 다름이 아니라……."

도진은 김찬웅에게 현재 '손 수'와 '손 수 담다'의 상황을 설명했다.

애기를 듣던 김찬웅은 침음을 흘리며 말했다.

-이거 좀 쉽지 않은 일이군요. 하지만 어떻게든 방법이 있을 겁니다. 우선 직접 만나서 어떻게 해야 할지 상담하는 게 좋을 것 같군요. 비슷한 사건에 관해서 한번 조사해 보도록 할 테니, 편하신 날짜랑 시간 말씀해 주시면 시간을 따로 빼 두도록 하겠습니다.

김찬웅의 말에 도진은 조금 안심이 되는 듯했다.

이런 일은 처음이었기에 어떻게 해야 할지 갈피를 잡지 못하고 있었던 상황이었다.

그저 당황스럽기만 했던 와중에 이렇게 방법이 있을 거라며 자신을 다독이는 말을 해 주는 김찬웅이 이리도 믿음직스러울 수 없었다.

"감사합니다, 변호사님. 그럼 상담 날짜와 시간은 제가 따로 연락 드리도록 하겠습니다."

-네, 그럼 나중에 뵙겠습니다!

그렇게 전화를 끊은 뒤.

도진은 핸드폰을 챙기는 김선웅에게 감사의 인사를 건넸다.

"셰프님 아니었으면 어떻게 했을까 싶네요. 정말 감사합니다."

"별말씀을요. 저도 도진 씨한테 도움 많이 받았으니, 이 정도는 별거 아니죠."

김선웅은 정말 별것 아니라는 듯 어깨를 으쓱이며 말했다.

"제가 직접 도와드릴 수 있는 일이었다면 더 좋았을 텐데, 그게 아니라 아쉽군요."

그리고 덧붙인 그의 농담에 도진은 웃음을 터트릴 수밖에 없었다.

어느새 사무실 안의 딱딱하고 긴장되어 있던 공기가 부드럽게 풀어진 듯했다.

김찬웅과 다음 주 '손 수'의 휴무 날 상담에 대한 약속을 잡은 도진은 그전까지 해야 할 일이 있었다.

바로 김찬웅이 부탁한 자료 조사였다.

상담 날짜를 잡기 위해 따로 연락했던 날, 김찬웅은 도진에게 좀 더 자세한 상담을 진행하기 위해 필요한 자료들을 도진에게 말했다.

'손 수'의 창업을 위해 준비했던 모든 것.

투자를 받기 위해 작성했던 투자계획서와 레시피에 대한 기록, 가게 인테리어에 관한 자료들부터 직원들의 고용계약서까지.

그 자료들에 있어서 가장 중요했던 것은 바로 '날짜'가 언급되었는가였다.

모두 '손 수'가 '손 수 담다'보다 얼마나 더 먼저 구상하고 계획된 것인지에 대해 증명하기 위한 자료들이었다.

그리고 하나 더.

'손 수'와 '손 수 담다'의 유사성에 관한 자료들이었다.

무엇이 되든 상관없다고 말했다.

-하다못해 블로그 후기에서 비슷하다고 말했다든가, 말씀하셨던 것처럼 분점이라고 생각하고 글을 올린 사람들의 포스팅 내용도 좋습니다.

두 가게가 어떻게 닮아 있고, 사람들이 그로 인해 얼마나 닮아 있는지에 대해 알 필요가 있다는 말이었다.

도진은 차근차근 상담을 하기 위한 재료들을 체크하기 시작했다.

자신이 메일로 여러 투자자들에게 투자 계획서를 돌렸던 내역부터 시작해, 초기 투자 계획서부터 수정을 거듭한 자료들.

그리고 김 회장과의 투자에 관한 계약서와 직원들의 고용 계약서, 가게의 임대 계약서, 그리고 인테리어 업체의 비용 청구서까지.

자료로 남겼던 모든 것들을 긁어모으다시피 했다.

가게에 관한 유사성에 대해서는 도진이 직접 방문을 했던 것이 아니었기 때문에 어떻게 해야 할지 잠시 고민에 빠졌다.

도진이 고민하는 모습을 지켜보고 있던 성은준이 다행히 가게에 직접 방문했던 당시 자신이 찍어 둔 사진이 있다며 말을 꺼냈다.

"사진은 너한테 따로 보내 놓을게."

"고마워요, 형. 혹시 다른 참고할 만한 내용이 또 있을까요?"

"음, 나도 잘 기억은 안 나는데 전체적으로 다 비슷한 느낌이어서 뭐를 콕 집어서 말하는 게 쉽지 않네."

두 사람이 머리를 맞대고 고민했지만, '손 수 담다'에 가 본 적이 없는 도진과 말주변이 모자란 성은준의 고민이 그저 길어지고만 있을 뿐이었다.

기껏해 봐야 성은준은 그날 먹었던 음식들의 레시피가 어떻게 비슷했는지에 대해 설명하는 것이 고작이었다.

그런 두 사람을 구원한 것은 성은준과 함께 가게에 방문했던 홀 매니저와 가장 먼저 스파이로 파견된 강경환이었다.

도진이 자료를 모으고 있다는 말에 홀 매니저는 당시 상황에 대한 자세한 설명을 도왔다.

"일단 들어가기 전 가게 간판 느낌부터가 비슷해요. 저희 가게가 황동색의 정사각형 모양의 간판인데 뒤쪽에서 은은하게 불빛이 들어오잖아요? 그런데 거기도 정사각형에 불빛이 들어오는 것까지 똑같더라고요."

가게 간판의 비슷한 점부터 시작해서, 외부는 한옥이 아닌데 내부로 들어서자 한옥에 들어온 것같이 천장에는 대들보가 있었다는 것은 물론 입구에서부터 홀의 배치.

그리고 직원들의 한복과 닮은 유니폼에 명찰, 그리고 메뉴판의 배치와 모양까지.

이건 정말 누가 일부러 카피해 간 게 아니라면 거짓말일 정도로 비슷한 것들이 너무 많았다며 열변을 토하는 홀 매니저였다.

도진은 그녀의 얘기를 들으면 들을수록 기가 차는 것을 느꼈다.

'이건 정말 재수가 없어서 이런 일을 겪은 게 아니라, 누구나 다 한 번쯤은 겪을 만한 일이군.'

아무리 비일비재하게 일어나는 일이라고는 해도 이렇게까지 비슷하게 카피해 갈 줄이야.

이번 일로 인해 도진도 관련된 비슷한 사례들에 대해 조사하면서 더욱 크게 느낀 점이 있었으니.

'이 일은 반드시 크게 공론화해서 더 이상 이런 일이 반복되지 않도록 하는 게 중요하겠어.'

자신이야 현재 김선웅의 소개로 대형 로펌에서 일하고 있는 변호사의 도움을 받을 수 있었고, 뒤에는 든든한 투자자인 김 회장이 버티고 있어 좀 더 수월하게 진행할 수 있었다.

하지만 만약 정말 괜찮은 아이템을 가지고 조그마하게 사업을 시작한 사람이었다면?

얘기는 분명 달라졌을 것이다.

만약 카피한 가게가 적절한 마케팅으로 더 유명해졌다면 사업 아이템을 빼앗기는 것은 물론이고 그 사업을 시작하기 위해 들인 돈과 시간, 노력까지 모두 빼앗기는 것과 다름없었다.

새삼스럽게 비정한 사회에 대해 깨달은 도진은 한숨을 푹 쉴 수밖에 없었다.

홀 매니저의 설명은 자세한 진술서를 작성하는 데 분명 도움이 되는 자료가 될 터였다.

그리고 그 설명을 도울 수 있는 첨부 자료는 뜻밖에도 강경환에게서 나왔다.

"저 그날 진짜 제가 스파이라도 된 것처럼 얼마나 두근거리면서 갔다 왔는지 모르겠어요."

그렇게 말한 강경환은 자신이 들어가면서부터 동영상을 찍어 둔 게 있다며 도진에게 파일을 하나 보내 주었다.

확인한 파일은 정말 맛집 리뷰를 찍으러 온 유투버의 동영상처럼 자세하게 가게의 전경부터 시작해 메뉴판은 물론이고 서빙된 음식의 모습과 직원들이 음식을 설명하는 것까지 담겨 있었다.

생각지도 못한 유용한 자료에 도진은 강경환에게 감사의 인사를 건넸다.

천재셰프
화려하다

"고마워요. 경환 씨 덕분에 준비하는 데 많은 도움이 된 것 같아요."

그렇게 도진의 '손 수'를 되찾기 위한 준비는 차근차근 이뤄지고 있었다.

김찬웅과 약속한 '손 수'의 휴무일.

'손 수'에서 만나기로 한 도진은 긴장되는 마음으로 김찬웅을 기다리고 있었다.

그리고 시침이 11시가 채 되기 전.

문이 열리는 소리가 들렸고, 이어서 전화기 너머로만 들었던 목소리가 들려왔다.

"김도진 셰프님, 계십니까?"

도진은 그 목소리에 벌떡 일어나 김찬웅에게 다가가며 인사를 건넸다.

"안녕하십니까. 김도진입니다."

"반갑습니다. '대화 로펌'의 파트너 변호사 김찬웅입니다."

악수를 한 김찬웅은 자신의 명함을 하나 건넨 뒤, 자리에 앉자마자 바로 본론으로 들어갔다.

"우선 상황에 대해 듣고 난 뒤, 업장이 영업을 시작한 시점부터 확인을 했는데요."

그렇게 말한 김찬웅은 노트북에 띄운 화면을 도진에게 보여 주었다.

"여기 보시면 '손 수'가 '손 수 담다'에 비해 세 달은 더 먼저 영업을 시작한 것을 확인할 수 있습니다. 이렇게 되면 업장이 얼마나 비슷한지에 따라 고의적으로 카피를 해 갔다는 것을 증명할 수 있을 것 같습니다."

김찬웅은 숨을 고르고 말을 이었다.

"사실 의도적으로 해당 가게가 '손 수'를 따라 했다는 것을 증명할 만한 사실이 있다면 더 좋을 테지만, 그런 건 증명하기 쉽지 않으니 저희 쪽에서는 얼마나 어떻게 비슷한지에 대해 자세히 첨부해 소장을 내는 것이 좋을 것 같습니다."

김찬웅이 말하는 사이에도 도진은 그가 보여 준 노트북 화면에서 눈을 떼지 않고 있었다.

그 모습에 김찬웅이 물었다.

"뭐 이상한 점이라도 있나요?"

"변호사님이 말씀하신 의도적으로 따라 했다는 증거, 아무래도 제가 가지고 있을 것 같습니다."

도진의 말에 김찬웅이 놀라 눈을 크게 뜨며 물었다.

"네? 그게 무슨……"

도진은 씩 웃으며 자신이 준비한 자료 중에 하나를 꺼내 그에게 보여 주었고.

그것을 확인한 김찬웅은 놀라 눈을 크게 뜨더니, 이내 웃음을 지을 수밖에 없었다.

"아무래도 승리의 여신이 저희를 향해 웃고 있는 것 같네
요."

도진이 김찬웅의 노트북 화면에서 유심히 보고 있던 것은
다름 아닌 '손 수 담다'의 대표자명이었다.

'어디서 많이 본 것 같은데…….'

김찬웅이 설명을 이어 가는 와중에도 한참 동안 그 이름을
보던 도진은 이내 자신이 그 이름을 어디서 보았는지 떠올릴
수 있었다.

김찬웅에게 보여 주기 위해 '손 수'의 오픈 전부터 준비했
던 자료들을 모두 모으던 중, 자신이 메일을 보냈던 투자자
중 한 명의 이름이 있었기 때문이다.

도진은 김찬웅에게 그에게 메일을 보냈던 내역을 확인시
켜 주었다.

"여기요, 이름 보이시죠? 조택일. 외식업 투자로 유명한
사람이에요."

당시 도진은 투자 관련해서, 특히 외식업 투자로 유명한
이들에게 모두 메일을 돌렸다.

그중 '손 수 담다'의 대표자로 올라와 있는 조택일에게도

분명 투자 계획서를 보낸 적이 있었다.

조택일에게 보냈던 투자 계획서에는 인테리어 계획서와 메뉴에 관한 내용.

그 외에도 직원들의 유니폼과 가게를 어떤 식으로 운영할지에 대한 내용이 담겨 있었다.

도진은 그제야 그들이 어떻게 그렇게 비슷한 가게를 낼 수 있었는지 알 수 있었다.

'그 투자 계획서를 갖고 있었다면 그렇게 비슷하게 만들 수 있을 수 있었을 거야.'

김찬웅 또한 도진이 보여 준 메일 내역과 함께 당시 첨부했던 투자 계획서를 확인하고는, 이내 고개를 끄덕였다.

"사실 이런 소송이 쉽지는 않은 일이라 조금 걱정했는데 이 정도면 자료는 충분할 것 같습니다."

도진이 손수 준비한 자료들을 챙긴 김찬웅은 새로운 파일을 열며 그에게 물었다.

"이번 소송으로 셰프님은 얼마 정도의 피해 보상 금액을 생각하고 계시는지 알 수 있을까요?"

"변호사님, 제가 이번 소송에서 피해 보상 금액보다 더 중요하게 생각하는 건 따로 있습니다."

도진의 말에 김찬웅이 고개를 갸웃하며 되물었다.

"어떤 건지 알 수 있을까요?"

"저는 그냥 저희끼리의 소송으로 끝나는 게 아니라, 더 많은 사람이 알았으면 해요. 그러기 위해선……."

도진은 생각에 잠긴 듯 말끝을 흐렸지만.

"판을 좀 더 키워야겠군요."

생각을 읽기라도 한 듯 도진의 의중을 눈치챈 김찬웅이 그 말을 이어서 완성시켰다.

도진이 김찬웅을 바라보았다.

두 사람의 눈동자가 마주하는 순간이었다.

마치 약속이라도 한 듯 두 사람은 오른손을 맞잡아 악수를 나눴다.

"변호사님, 잘 부탁드립니다."

"저야말로 잘 부탁드립니다, 셰프님."

서로에게 인사를 건네는 도진과 김찬웅의 입가에는 미소가 띄워져 있었다.

$$*$$

도진이 이 판을 크게 키워야겠다고 마음을 먹은 것은 다름 아닌 이런 일들이 더 이상 반복되지 않았으면 하는 마음 때문이었다.

국내 외식업계에는 '생계형 자영업자'들도 많았다.

그런 이들에게 항상 새롭고 참신한 제품을 요구하는 것은 가혹한 일이었다.

하지만 모방과 참조를 하더라도 태도의 한 끗 차이가 컸다.

도진이 이번 일에 대해 찾아보며 느낀 것이었다.

혹시나 해 참고가 될 만한 사례들을 모두 찾아보며 도진은 정말 이런 사람들이 있다는 것이 믿어지지 않을 지경이었다.

반말로 레시피를 묻는 이들부터 해서 메뉴판을 통째로 훔쳐 가는 손님은 애교 수준이었다.

인터넷에는 다양한 사례를 가진 수많은 사장님들이 있었고, 자신이 겪은 일에 대응하고자 조언을 구하는 글들이 많았다.

도진은 이 실태를 어떻게 해결해야 할지 앞날이 캄캄할 지경이었지만, 당장 이것이 자신의 일이 되어 버렸으니.

어떻게든 방법을 찾아야만 했다.

카피를 위해 방문하는 손님들의 유형은 다양했다.

점심도 저녁도 아닌 애매한 시간대에 방문하는 손님의 경우 메뉴를 대충 시켜 놓고는 주방 안쪽까지 들어와 대놓고 사진을 찍어 가는 이들부터 시작해서.

새벽부터 힘들게 구워 놓은 빵을 오픈 시간에 와서 몽땅 사 가는 일부터, 줄자로 건물 내부 구조를 재 가거나, 건축사를 불러다 놓고 디자인 설계를 그려 가는 이들도 있다며 토로하는 사장님도 있었다.

'이렇게까지 몰상식한 행동을 할 수가 있나?'

특히 어느 한 창업자의 경우.

호주에서 거주하고 있는 한국인 사업자가 현지에서 외식 사업을 준비하고 있다며 창업 노하우만 전수하고 가맹 본부와는 계약을 맺지 않는 형태의 전수 창업을 하고 싶다는 요청을 거절한 뒤.

어느 날 회사 메일로 제보를 받은 적이 있다는 글을 올렸는데, 그 내용이 가관이었다.

알고 보니 그 전수 창업을 요청했던 사업가가 호주에서 자신의 가게의 이름은 물론이고 기본적인 컨셉과 메뉴를 거의 그대로 표절한 카피 브랜드를 낸 것은 물론이고.

현지 매거진에서는 개성을 갖춘 레스토랑이라며 그 가게에 관해 개성을 가지고 있는 눈여겨볼 만한 가게라며 기사까지 써 주었다는 내용이 담겨 있었다.

창업자는 지구 반대편에서 소통을 하는 데도 자신의 일정에 맞춰 답변이 오기를 바라던 굉장히 고압적이던 태도의 호주 사업가를 떠올리며, 아무런 조치도 취할 수 없음에 대해 통탄하는 내용의 글을 올렸다.

도진은 이런 글들을 찾아보면 찾아볼수록 한숨이 더 짙어지는 것을 감출 수 없었다.

'이 정도면 고질병인 수준이군.'

사업자의 의식 자체가 바뀌지 않는 한 해법이 없는 일이었다.

특히 레시피 보안의 경우 현실적으로 불가능해 보였다.

조리 라인에서 일하는 직원이 그만두면 도리가 없다는 것이었다.

이런 이유로 업계에선 레시피를 꿰고 있는 직원을 두고 치열한 영입 전쟁이 벌어지기도 한다는 현실이 우스우면서도 슬펐다.

'메뉴 하나를 만들 때도 온갖 실험을 하며 쉽지 않은 선택의 연속들인데……'

요리조리 궁리를 거듭해 직원들과 고생하고 부대끼며 사업을 키워 나가는 경험도 분명 소중했다.

하지만 이런 노력을 제대로 보호받지 못한다는 생각이 들면 자괴감이 들고 힘이 빠질 수밖에 없다.

게다가 속상한 것은 이뿐이 아니었다.

이렇게 다른 이들의 노력을 훔쳐 창업한 가게 중에 성공 사례도 있다는 점이었다.

'그게 바로 이런 행태가 근절되지 않는 가장 큰 이유 중 하나겠지.'

이런 외식업계에서의 카피 브랜드에 대한 여러 사례들 중.

분명 소송을 통해 승소한 가게들도 있었다.

하지만 그것은 근본적인 문제 해결은 되지 않았다.

기본적으로 레시피에 대한 소송은 쉽지 않았기에, 인테리어의 경우 건축물 저작권 침해 소송을 걸어 대법원에서 최종 승소한 사례의 경우.

벌금은 고작 500만 원에 불과했다.

심지어 처벌도 해당 카피 브랜드의 창업자가 아닌 건축사가 받았다는 내용이었다.

외식업을 운영하며 발굴한 여러 아이디어들은 지적재산권으로 인정받기 쉽지 않다는 뜻이었다.

이런 일들의 반복은 상권에도 좋지 않은 영향을 줄 것이 분명했다.

아무리 사람과 돈이 몰리는 곳에 유행을 탄 아이템을 가지고 새롭게 가게를 차린다고 하더라도, 제대로 된 사전 조사는 물론이고 노력을 들이지 않고 이렇게 쉬이 창업하게 될 경우.

창업과 폐업을 반복하는 일이 허다했기 때문에 단골손님을 확보하기란 쉽지 않았다.

그러다 보면 어느새 유행이 지나고, 유동 인구가 줄어들게 되는 순간.

단골손님을 확보하지 못한 그 상권은 순식간에 죽은 상권이 될 것이 분명했다.

결국 문제를 해결하기 위해서는 이런 이슈들이 다양한 관점에서 공론화가 될 필요가 있었다.

그렇기 때문에 도진은 지금 사진이 겪은 이 일을, 할 수 있는 한 최대로 판을 크게 키워 볼 생각이었다.

⚜

사람들은 자극적인 소재에 열광하곤 했다.

그리고 그 사실을 가장 쉽게 확인할 수 있는 것 중 하나가 바로 인터넷 기사의 제목이었다.

오늘도 기사를 모두 완성한 뒤.

어떤 타이틀을 달아야 사람들이 더 많은 클릭을 할 것인가에 대한 고민하던 이은정 기자는 울리는 알람 소리에 깜짝 놀라 핸드폰을 들었다.

"뭐야, 벌써 2시라고? 시간이 너무 빠른데. 제목은…… 모르겠다. 갔다 와서 마무리해야지."

그녀는 급히 자신의 자리를 정리한 뒤 팀장에게 보고했다.

"저 외근 다녀오겠습니다!"

"어어, 그래."

이미 외근 일정에 대해 보고했던 사안이었기에 팀장은 이은정의 말에 고개를 끄덕이며 물었다.

"인터뷰 갔다 온다고 그랬지? 그, 누구더라 이름이……. 하, 참. 분명히 알고 있었는데."

"팀장님도 정말, 제가 말씀드렸잖아요. 김도진요. 서바이벌 국민 셰프 김도진."

"아, 맞아, 김도진! 우리 형 아들이랑 동갑이던데, 어린 나이에 참 대단해. 근데 어떤 내용의 인터뷰인 거야?"

이은정은 팀장의 물음에 잠시 도진의 인터뷰 내용을 떠올렸다.

"김도진이 성은준이랑 같이 창업을 했는데, 그걸 카피당했다는 것 같아요. 소송을 할 생각이라더라고요."

"외식업 카피는 소송이 쉽지 않을 텐데, 아무튼 잘 다녀와."

"넵. 다녀오겠습니다!"

이은정은 사무실을 나오며 팀장의 말을 곱씹었다.

'외식업의 표절 소송이라······.'

확실히 쉽지 않은 길이었다.

하지만 이은정이 생각하기에는 이 소송이 꽤나 승산이 있다고 생각했다.

인터뷰를 위한 질문지를 작성하기 위해 해당 카피 브랜드와 도진의 가게에 대해 찾아본 그녀는 놀랄 수밖에 없었다.

'이렇게 비슷하면 이길 수 있지 않을까?'

법은 물론이고 창업에 관해서는 아무것도 모르는 자신이 보기에도 두 가게는 가게 전반의 분위기는 물론이고 팔고 있는 음식들까지 척 보기에도 닮아 있었다.

심지어 카피 브랜드의 경우 공공연히 도진의 가게의 분점이라는 소문까지 떠돌고 있는 와중에 제대로 된 해명조차 하지 않는 상황이었다.

'이 정도로 비슷한데 만약 지게 된다면……'

그건 정말 문제가 있는 것이었다.

하지만 어쩐지 그런 걱정은 전혀 들지 않았다.

그도 그럴 것이, 기사를 하나 써 줬으면 한다며 자신에게 연락해 온 도진의 목소리에서는 전혀 이 싸움에 대한 불안이나, 두려움이 느껴지지 않았기 때문이다.

처음 도진의 전화가 걸려 온 날.

이은정은 여느 때와 다름없이 모르는 번호였음에도 불구하고 사무적인 태도로 전화를 받았다.

"네, 투데이 뉴스 이은정 기자입니다."

목소리에 영혼이라곤 하나도 없는 응답에도 수화기 너머 전화를 걸어온 사람은 당황하는 기색 하나 없이 자신의 소개를 했다.

─안녕하세요. 이은정 기자님. '손 수'의 오너 셰프 김도진입니다.

생각지도 못한 인물의 전화에 오히려 당황한 것은 이은정이었다.

"네? 누구, 누구요?"

─김도진입니다.

"아니, 그건 아는데, '손 수'의 김도진 씨면, 그 아틀리에 다큐에도 나오고 서바이벌 국민셰프에도 나오고 청춘셰프에도 나왔던 그 김도진 씨요?"

–네, 맞습니다.

당황해 숨 쉴 틈도 없이 말을 쏟아 내는 이은정의 태도에도 도진은 전혀 당황하지 않은 듯 대답했다.

그제야 자신이 잠시 정신을 차리지 못했다는 것을 인지한 이은정은 차분히 마음을 가라앉히고 도진에게 물었다.

"그, 혹시 어쩐 일로 전화를 주신 걸까요?"

–다름이 아니라 기사 하나를 써 주셨으면 해서요. 최대한 자극적이게.

"네? 그게 무슨……?"

–제가 이번에 법정 공방을 좀 벌이게 됐는데, 만약 법정에서 제대로 해결되지 않는다고 하더라도, 지지 않을 키가 필요해서요.

그렇게 말하는 도진의 목소리에서는 전혀 패배의 그림자조차도 찾아볼 수 없었다.

도진과 첫 통화를 했던 그날을 떠올린 이은정은 고개를 저었다.

아무튼 보통 그 나이대의 평범한 열아홉 살이 보일 반응은
아니었다.

'내가 만약 열아홉 살에 그렇게 소송하고 법정에 서야 하
는 일이 생긴다면······.'

쉬이 상상할 수 없는 일이었지만, 분명 어떻게 해야 할지
몰라 부모님의 도움을 바랄 것이 분명했다.

이런저런 생각을 하는 사이 어느새 도진의 가게 앞에 도착
한 이은정은 'Closed'라고 적혀 있는 문 앞의 팻말에 문을 두
드렸다.

그러자 안에서 누군가 문을 열고 나왔다.

앳된 얼굴의 셰프복을 입은 남자.

이은정의 노크에 문을 열어 준 것은 도진이었다.

"안녕하세요. 김도진입니다. 이은정 기자님 맞으세요?"

그녀는 자신의 눈앞에선 도진을 바라보았다.

'생각보다 더 어려 보이네.'

그게 도진의 첫인상이었다.

하지만 이은정은 저 어린 얼굴 너머에 만만치 않은 인물이
있다는 것을 다시금 떠올리며 도진에게 인사를 건넸다.

"안녕하세요, 투데이 뉴스 이은정입니다. 반갑습니다, 김
도진 셰프님."

이은정은 자신의 명함을 내밀며 도진에게 인사했고, 도진
은 그런 그녀를 자신의 사무실로 이끌며 가게를 안내했다.

"내부는 대충 이런 모습입니다. 자세한 건 이따 사무실 들어가서 자료 비교하면서 보여 드리겠습니다."

"네, 알겠습니다. 그나저나 이 정도면 따라 하는 것도 쉽지 않을 것 같은데, 이 인테리어마저 비슷하다는 말씀이신 거죠?"

대충 사정을 들은 이은정이 묻자, 도진이 한숨을 내쉬며 대답했다.

"저도 이런 것까지 따라 하겠나 싶었는데, 이런 것도 따라 하더라고요."

"대단하네요, 정말."

홀과 주방을 지나 사무실에 들어선 두 사람은 본격적으로 인터뷰를 시작했다.

인터뷰는 상세하게 진행되었다.

도진이 '손 수'를 만들기까지 어떤 과정을 겪었고, 그 과정들 속에 어떤 스토리가 있었는지.

그리고 '손 수'를 표절했다는 가게는 어느 곳이고, 어떤 스토리가 있었는지까지.

인터뷰를 하는 내내 흥미로운 눈으로 도진의 말에 집중하던 이은정은 이윽고 조택일 대표에 대한 이야기가 나오자 '이거다!' 싶었다.

"이거, 이런 스토리가 있다면 확실히 셰프님이 원하시는 자극적인 얘기가 나올 수 있겠는걸요. 이렇게 직접적인 증거가 있다니."

"사실 이런 가게가 표절되는 경우는 법적 대응을 하더라도 제대로 된 해결이 어렵더라고요. 그래서 기자님께 부탁드린 겁니다."

이은정은 살풋 웃는 도진의 접힌 눈 너머에서 분노를 느꼈다.

그리고 이윽고 그가 자신에게 기사를 써 달라고 말한 의도를 알 수 있었다.

"재판에서 해결되지 않더라도 지지 않을 키가 필요하다고 하신 게 이 말씀이셨군요."

"네, 저는 민심 재판을 할 생각입니다."

"좋아요. 오랜만에 권선징악 스토리를 한번 제대로 뽑아 보자고요."

인터뷰를 마친 뒤 손을 맞잡은 두 사람은 제대로 의기투합이 된 듯 의지가 활활 불타고 있었다.

그리고 며칠 뒤 올라온 이은정의 기사는 정말 말 그대로 뜨거운 감자가 되어 사람들의 입방아에 오르내릴 수 있었다.

모든 일은 도진이 생각하는 그대로 흘러가고 있었다.

도진은 이번 일의 판을 최대한 키우고자 했다.

그리고 그를 위해 지금껏 쌓아 온 인맥을 총동원했다고 해도 과언이 아니었다.

김찬웅과 고소장을 작성한 뒤 도진이 가장 먼저 한 일은 다름 아닌 이 사건에 관해 기사를 써 줄 이를 찾는 일이었다.

기자와의 친분이 따로 없었던 도진은 가장 먼저, 김우진에게 연락했다.

"형, 혹시 기자 좀 소개시켜 줄 수 있어요?"

-기자요? 무슨 일이죠?

도진의 사정을 전해 들은 김우진은 잠시만 기다리라며 전화를 끊더니, 이내 문자로 번호 하나를 보내왔다.

자신이 아는 기자 중에 제일 글을 깔끔하게 잘 쓰는 기자라며 소개한 김우진은, 그녀라면 도진이 원하는 느낌으로 기사를 써 줄 것이라고 말했다.

김우진의 말은 틀리지 않았다.

그가 소개한 이은정은 생각보다 더 글을 깔끔하게 썼고, 확실한 포인트를 잡아 제목을 작성했다.

그 덕에 도진을 아는 사람들이라면 어느 정도 기사에 관심을 가졌지만.

그것만으로는 부족했다.

이렇게 천천히 화제가 되어 논란의 중심에 설 수도 있었지만, 도진은 그보다 더 큰 반응을 원했다.

그래서 도진은 연락처를 뒤적이다 좋은 생각이 들었다는

듯 미소를 지으며 누군가에게 전화를 걸었다.

"안녕하세요, 윤희 씨. 잘 지내셨나요?"

-어머, 셰프님, 이게 얼마 만이에요. 저야 잘 지냈죠. 셰프님 이번에 오픈한 가게 가 보고 싶은데 왜 그렇게 예약하기가 힘들어요?

전화의 대상은 성은준과의 인연을 돈독하게 만들 기회를 준 여배우, 남윤희였다.

그녀는 오랜만에 연락한 도진이었음에도 명랑한 목소리로 전화를 받았다.

도진은 그런 그녀에게 물었다.

"안 그래도 윤희 씨는 제가 꼭 한번 초대하려고 했습니다. 혹시 언제가 괜찮으세요? 제가 따로 예약 빼 두도록 하겠습니다."

-어머, 정말요? 제가 이런 걸 바라고 얘기한 건 아니었는데. 그래도 괜찮아요?

"윤희 씨 덕분에 은준이 형이랑도 인연이 생긴 거나 마찬가지인걸요."

도진의 말에 남윤희가 깔깔 웃으면서 대답했다.

-맞긴 하죠. 저야 그렇게 예약 빼 주신다면 감사하긴 한데, 정말 그냥 해 주시는 거 맞아요? 이렇게 갑자기 연락해서?

남윤희의 날카로운 지적에 도진은 땀을 삐질 흘릴 수밖에 없었다.

"촉이 좋으시네요. 사실 부탁이 하나 있습니다."

─어떤 부탁요?

"기사 하나를 SNS에 언급해 주세요."

─어떤 기사인데요? 너무 정치적 성향이 짙거나 제 이미지에 타격이 갈 만한 건 좀 곤란해요.

도진은 그런 그녀의 반응에 격하게 부정하며 현재 자신이 처한 상황에 관해 설명했다.

그러자 남윤희는 놀라며 물었다.

─아니, 그런 식당도 표절하는 경우가 있어요? 와, 진짜 무섭다. 알겠어요. 그 정도는 할 수 있죠.

그녀는 흔쾌히 자신이 할 수 있는 건 돕겠다며 말했고, 혹시나 구설수에 오를 것을 대비해 함께 촬영을 했던 강성재에게도 얘기해 두겠다고 말했다.

그리고 그다음 날.

남윤희와 강성재는 정말 자신들의 별스타그램 공식 계정의 스토리에 도진의 기사를 언급해 주었고.

그 효과는 이루 말할 수 없을 만큼 훌륭했다.

두 사람의 팬들은 자신이 좋아하는 배우가 올린 스토리에 관심을 가졌고, 그 덕분에 도진의 기사를 읽은 사람은 순식간에 늘었다.

그리고 팬들은 물론이고, 두 배우에게 주의를 기울이고 있던 다른 기자들도 덩달아 남윤희와 강성재가 이렇게 스토리에 언급할 정도로 관심을 가진 도진에 관한 기사를 써 댔다.

[남윤희와 강성재가 선택한 셰프, 김도진에게는 과연 무슨 일이?]

['냉장고를 보여 줘!'의 인연, 두 명의 배우와 한 명의 셰프]

그뿐 아니었다.

도진과 인연이 있는 셰프들과 김우진도 이 기사에 대해 언급했고.

그 덕에 도진이 처한 상황은 순식간에 많은 이들에게 퍼지기 시작했다.

그리고 어느새 도진에 대한 동정적인 여론까지 일기 시작했고.

도진은 자신이 원하는 대로 흘러가는 그 모든 상황을 지켜보며 만족스러운 미소를 띨 수 있었다.

'손 수 담다'의 창업자 조택일은 자신만만했다.

사실 도진이 처음 자신에게 파인다이닝의 창업에 대한 투자 제안서를 보내왔을 때만 해도 그는 도진이 이렇게까지 성공적으로 운영할 수 있으리라고는 생각지도 못했다.

'나이도 어린 게 무슨 가게를 운영하겠다고.'

그런 생각이었다.

실제로 도진은 자신이 가게를 직접 운영해 본 적이 없었고, 나이도 어렸기에 조택일이 보기에는 영 믿음직스럽지 않았던 터였다.

하지만 도진의 투자 계획서는 생각보다 나쁘지 않았다.

어떻게 한 건지 자세히도 적어 둔 투자 계획서는 정말로 비전이 있어 보였다.

'파인다이닝이면 수익 내기 힘드니까, 차라리 그냥 일반 레스토랑처럼 운영하면 꽤 나쁘지 않을 것 같은데.'

한식 느낌이 물씬 나는 퓨전 요리들에 전통주를 페어링해 판매하는 한식 요리주점.

'어디 내가 한번 손 좀 봐서 직접 차려 봐?'

문득 그런 생각이 들었다.

어차피 가게 하나를 차리기 위해서는 생각보다 더 많은 돈이 들었고, 도진에게 투자를 하려고 하는 이는 흔치 않을 터였다.

조택일은 도진의 투자 제안서를 슬그머니 챙겼다.

그리고 자신이 직접 요리할 수는 없으니, 대신 요리를 해 줄 주방장을 구했고.

영업하기에 적당한 매물을 찾아, 이제 막 인테리어에 대해 논의하고 있을 무렵.

"이게 뭐야."

도진이 파인다이닝을 오픈한 것을 알게 되었다.

그리고 그 파인다이닝이 생각보다 더 잘되고 있다는 사실도.

조택일은 건축업자를 데리고 일부러 도진의 가게인 '손 수'를 방문해 미팅을 진행했다.

실제로 방문한 도진의 파인다이닝은 투자 제안서에 적혀 있던 것들과는 조금 달랐지만, 오히려 더 좋아 보였다.

그래서 다 가져오기로 했다.

조택일은 그렇게 '손 수 담다'를 만들어 냈다.

실제로 가게의 영업은 순조로웠고, 매출은 나날이 커져만 갔다.

'역시, 그대로 가지고 오길 잘했어. 이 정도면 좀 안정이 되고 난 이후에는 앞으로 분점을 내도 되겠는데.'

그는 도진의 가게를 그대로 참고해 가지고 와 단품으로 메뉴를 판매하기로 한 자신의 선택에 대해 아주 만족했다.

도진이 개발한 메뉴들을 대충 카피해 끼워 넣고, 한식 메뉴를 좀 더 보강해 판매할 메뉴를 정한 뒤.

다양한 주류, 특히 전통주를 내세운 것은 더할 나위 없이 탁월한 선택이었다.

손님들은 한옥에서 먹는 전통주와 퓨전 한식 메뉴들에 만족스러워했다.

또한 도진의 파인다이닝인 '손 수'와 비슷한 점을 눈치챈 사람들은 '손 수 담다'가 도진이 차린 가게인 줄 아는 이들도 있었다.

조택일은 그런 의견을 부정하지도 긍정하지도 않은 채 애매모호한 태도를 고수했다.

그것은 또 다른 마케팅이 되어 여러 손님을 불러왔다.

'이보다 더 완벽할 수는 없지.'

자신에게 날아온 고소장을 보고서도 그는 그렇게 생각하고 있었다.

처음 조택일은 자신의 앞으로 날아온 고소장을 확인하고는 코웃음을 쳤다.

"하, 이것 좀 보게. 이걸 고소를 해?"

어린놈이 발악을 하는구나 싶었다.

'그래 봤자 자기가 할 수 있는 게 뭐가 더 있겠어?'

그는 카운터 아래 수납장에 고소장을 쑤셔 넣었다.

함께 일하는 직원이 그 모습을 보며 질문을 던졌음에도 조택일은 별것 아니라는 듯 대수롭지 않게 대답했다.

"사장님, 그게 뭐예요?"

"별거 아니니까 가서 할 일들 해."

가게의 앞으로 날아온 소장은 조택일에게는 두려움이 될 수 없었다.

외식업계에 오래 몸담고 있으며 이런 식으로 수도 없이 가게를 내며, 프랜차이즈화했던 그는 이런 고소장으로는 아무런 소용이 없다는 것을 너무 잘 알고 있었다.

기껏해 봐야 상업적 건축물에 대한 표절로 크지 않은 벌금을 내는 것이 전부일 것이었다.

아무리 독특하고 혁신적인 형태와 구조를 가지고 있는 건축물이어도 '디자인 창작물'로 인정되는 것은 아니었기 때문에 소송을 당한 입장에서는 빠져나갈 구멍은 많았다.

게다가 한옥 느낌의 인테리어야, 다른 한정식집이나 한식 요리주점에서도 많이 볼 수 있는 게 아니던가.

트렌드라는 이유로 다른 걸 베끼는 건축물이 난무하는 데도 이를 별문제가 아니라고 생각하는 사람들이 많은 이유가 있었다.

게다가 이런 식당의 경우 레시피를 표절했다는 것을 증명하기는 더 어려운 일이었다.

그렇기에 조택일은 고소장을 받고도 아무 일 없는 것처럼 행동할 수 있었던 것이었다.

'이거는 표절이 아니라 벤치마킹이지.'

조택일에게는 모방도 하나의 전략이었다.

이 정도는 훔치고 베낀 것도 아니라고 생각하며 돈만 잘 벌면 된다고 생각하는 마인드였다.

그리고 그런 당당한 태도의 조택일은 고소장을 받고 바로 다음 날.

자신이 사람을 잘못 건드린 것을 알게 되었다.

평소와 다름없는 시간에 출근한 조택일은 어쩐지 이상한 것을 느끼고는 직원들에게 물었다.

"오늘 왜 이렇게 조용해?"

"오픈부터 지금까지 고작 세 테이블이 다였어요."

"뭐? 갑자기 왜?"

조택일의 물음에 직원은 머뭇거리며 핸드폰을 꺼내 들어 그에게 내밀었다.

"아무래도 이 기사 때문인 것 같은데……. 사장님, 이거 다 진짜인가요?"

그는 도대체 무슨 말을 하는지 이해할 수 없다는 표정으로 자신의 눈앞에 서 있는 직원이 내민 핸드폰을 받아 들었다.

직원의 핸드폰에는 인터넷 뉴스 창이 켜져 있었다.

화면 제일 상단에는 굵은 볼드체의 글씨체로 기사의 제목이 적혀 있었다.

[제목 : 똑 닮은 가게, 빼앗긴 정체성. 서바이벌 국민 셰프의 우승자 김도진 법적 대응]

조택일은 눈을 크게 뜨고 자신이 본 것이 맞는지 다시 한 번 읽어 볼 수밖에 없었다.

그러고는 말을 더듬으며 직원에게 되물었다.

"그, 이, 이게 뭐냐?"

당황스러움이 가득 묻어나는 목소리였다.

하지만 이게 다가 아니었다.

직원은 그의 물음에 더 충격적인 사실을 알렸다.

"그게 다가 아니에요. 요즘 대세 배우 두 명이 그 기사를 별스타 스토리에 올려서 여기저기 얼마나 퍼졌는지 아세요?"

직원은 그의 손에 들린 자신의 핸드폰을 뺏어 들어서 또 다른 기사들의 제목을 보여 주며 말을 덧붙였다.

"게다가 다른 유명한 셰프들까지 말을 보태서 지금 저 표절한 A 레스토랑이 저희 가게라는 것까지 다 퍼졌어요. 그래서 오늘 완전 하루 종일 파리만 날렸다니까요."

직원의 말에 심각성을 느낀 조택일은 곧이어 자신의 핸드폰을 꺼내 들어 검색을 시작했다.

여론은 이미 완벽히 등을 돌린 상태였다.

조금만 찾아보아도 알 수 있을 정도로 해당 기사의 A 레스토랑이 '손 수 담다'라는 것을 알 수 있었고.

사람들은 벌써 '손 수 담다'의 평점에 혹평과 비난을 쏟아내고 있었다.

심각한 표정으로 핸드폰을 만지작거리고 있는 조택일의 모습에 사태의 심각성을 느낀 직원은 안절부절못하기 시작했다.

"아니, 사장님, 뭔데요! 저희 망해요? 저 잘리는 거예요?"

당장 다음 달부터 월급은 어쩌냐며 자신을 닦달하는 직원의 모습에도 조택일은 아무 말 하지 않은 채 고개를 처박고 핸드폰만 바라보았다.

그는 아무 말도 할 수 없지만, 분명히 느끼고 있었다.

무언가 잘못되어도 단단히 잘못되었다는 것을.

사람들은 날이 갈수록 도진의 '손 수'와 '손 수 담다'의 법적 공방에 대해 많은 관심을 보였다.

이는 모두 도진과 김찬웅이 계획한 대로였다.

소송을 준비하며 도진은 김찬웅과 많은 대화를 나눴다.

다양한 판결과 법조항을 찾아본 김찬웅은 도진에게 솔직하게 얘기했다.

"사실 이런 사건의 경우는 원하는 법적 처벌을 받기가 어려워요."

김찬웅의 말은 이랬다.

도진의 가게와 표절 업체의 경우 레시피는 물론이고, 전체적인 운영 방식과 유니폼, 운영 매장의 인테리어까지 표절한 상태였다.

운영 방식이나 유니폼의 경우는 법적 처벌을 기대하기는 어려웠다.

이런 경우에 소송의 쟁점으로 잡을 수 있는 것은 우선 건축물의 인테리어 자체에 대한 것이었다.

피해자인 도진이 운영하고 있는 건축물인 파인다이닝 '손수'가 창작성이 있어 저작권법상 보호되는 건축 저작물인지 아닌지가 핵심 쟁점으로, '손 수'를 모방한 피고인의 건축물 간 실질적 유사성이 있어 저작권을 침해했는지가 문제 되는 사안이었다.

기능 자체와 무관한 미적 '창의성'을 갖춘 저작물인 것이 인정받아야 한다는 뜻이었다.

"일전에 어느 카페의 경우에는……."

김찬웅은 한 카페의 사례를 예시로 들었다.

건축물 자체가 하나의 거대한 판에 의해 말려 있는 형태를 가지고 있던 한 카페를 똑같이 지은 카페에 대한 소송이 있었다.

아래보다 위가 더 넓게 양쪽 외벽이 비슷하게 기울어져 있는 특징을 가진 해당 카페는 건축물의 기능 자체와 무관하게 외관의 아름다움을 고려한 디자인의 형태로, 미적 창의성을 갖춘 저작물로 인정된 사례가 있으며.

그로 인해 피해자의 건축물은 창작성이 있는 저작물로, 피고인이 피해자의 건축물을 모방하여 복제한 것이 맞다고 인정해 저작권 침해로 판결을 내린 사례가 있다고 했다.

하지만 도진의 사건의 경우에는 두 매장 모두 새로이 건축물을 지은 것이 아닌 내부 인테리어를 한 부분이다 보니 어떻게 될지 정확히 할 수 없다는 것이 김찬웅의 의견이었다.

그러나 두 매장은 사람들이 오해할 정도로 많은 부분이 닮아 있었고, 심지어는 매장 입구에 들어서자마자 있는 중정까지 모방한 채였다.

그렇기에 김찬웅은 소장을 낼 시 이 부분을 넣어 보는 것도 나쁘지 않을 것 같다며 도진에게 말했다.

그 외에도 레시피와 상표에 관해 언급을 하며 조택일이 도진에게 투자 제안서를 받았다는 것을 꼬집고, 도진이 '손 수'에 대한 상표권을 내 둔 것을 토대로.

'손 수 담다'의 표절이란 것에 관한 주장에 정당성을 부여해 소장을 넣게 되면 어느 정도 판결에 대해 가능성이 있을 것 같다고 말했다.

하지만 도진에게는 승소가 중요한 것이 아니었다.

아니, 정확히 말하면 많은 사람들에게 이 사건에 대해 알리는 것이 중요했다.

"변호사님, 이런 표절과 모방 업체에 관해서 많은 사람들이 관심을 가졌으면 좋겠어요. 앞으로 이런 비슷한 일이 생길 경우 사람들이 문제의식을 느낄 수 있도록요."

도진의 말을 들은 김찬웅은 한참을 곰곰이 생각하더니 한가지 제안을 했다.

"그러면 인터뷰를 하시죠."

김찬웅은 도진의 유명세를 이용하자고 말했다.

방송 미디어에 많은 노출이 되었던 도진의 경우 그냥 보통의 셰프들보다 대중들에게 인지도가 있는 상황이었다.

김찬웅은 그것을 이용해 많은 사람들에게 사건이 본질에 대해 알리고 이를 통해 일종의 '민심 재판'을 일으키자는 뜻이었다.

게다가 도진의 어린 나이를 앞세워 꿈에 대해 운운하면 조택일은 소년의 꿈을 빼앗은 파렴치한 사람이 되어 많은 대중들의 분노를 사게 되고.

그것은 그의 가게 영업에 직결적으로 타격을 줄 수 있을 것이라는 의견이었다.

도진은 그런 김찬웅의 의견에 대해 공감했고, 그를 실행에 옮겨 인터뷰를 한 뒤.

자신이 가진 인맥을 총동원해 인터뷰를 기반으로 한 기사를 공론화시킬 수 있었다.

덕분에 도진과 조택일의 법정 공방은 수많은 여론의 주목을 받았다.

그리고 상황은 도진과 김찬웅의 예상대로 흘러갔다.

많은 사람들이 사건에 주목하고, 금세 해당 모방 업체가 어느 곳인지 찾아내는 것은 물론이었으며 가게 영업 자체에도 많은 타격을 입혔다.

여론이 그렇게 흘러가자 조택일은 도진에게 따로 연락을

취할 수밖에 없었다.

"안녕하십니까, 조택일입니다. 실례가 안 된다면 만나 뵙고 얘기 나누고 싶습니다."

그의 전화를 받은 도진은 드디어 올 게 왔다는 생각에 씩 웃으며 대답했다.

"네, 그러면 언제 뵐까요?"

가능한 날짜 중 가장 빠른 시일로 약속을 잡은 도진은 과연 조택일이 어떤 사람이고, 어떤 말을 할지 궁금한 마음으로 약속 장소에 도착했다.

얘기했던 것보다 20분은 이른 시간에 도착한 도진은 이른 오전의 한적한 카페에서의 여유를 즐기며 그를 기다렸다.

조택일은 약속 시간 10분 전에 카페에 도착했고, 먼저 도착해 커피를 마시고 있는 도진의 모습에 놀란 채 다가와 인사를 건넸다.

"안녕하십니까, 조택일입니다. 오래 기다리셨습니까?"

"아닙니다. 우선 주문 먼저 하고 오시죠."

처음 그를 마주한 도진은 생각보다 멀끔하고 선한 인상의 조택일의 외견에 놀랄 수밖에 없었다.

'이래서 사람은 보이는 게 다가 아니라고 그러는 건가.'

그런 생각을 하며 조택일과 인사를 나눈 도진은 바로 본론에 들어섰다.

"그래서, 오늘 만나자고 하신 이유가 뭡니까?"

"제가, 잘못했습니다."

조택일은 순순히 자신이 도진의 가게를 모방한 것을 인정했다.

빼도 박도 못할 자료들이 있었던 것은 물론이고 여론이 모두 도진에게 유리한 방향으로 흘러가고 있었기 때문에 조택일이 순순히 도진의 주장에 동의할 수밖에 없었다.

그리고 운영하고 있던 가게 SNS에 자신의 잘못을 인정하며 사업을 철수하겠다는 사과문을 올리겠다고 말했다.

모두가 이 사건에 관심을 기울이는 지금.

더 이상 이 일을 크게 키워 봤자 자신에게 더 좋을 일이 없다는 것을 느낀 것이었다.

조택일은 자신의 아들뻘 되는 도진에게 고개를 숙이며 사과를 건넸다.

"이렇게 불미스러운 일을 만들어 죄송합니다."

도진은 연신 죄송하다며 사과하는 그의 모습에 잠시 마음이 약해지는 듯했지만.

"도진 씨가 마음이 풀린다면 저를 때리셔도 됩니다. 그러니까 제발 고소는 취하해 주시면 안 되겠습니까? 지금 매장 직원들 월급도 못 줄 정도로 재정 상태가……."

이내 이어지는 조택일의 말에 그의 속셈을 눈치챌 수 있었다.

"어차피 저희는 이제 영업도 하지 못하니 제발 한 번만 선처 부탁드립니다."

도진은 기가 찼다.

'사과를 하려고 부른 게 아니라 이게 목적이었군.'

가게를 차리기 위해 낸 빚이 아직 남아 있는데, 장사가 되지 않으니 이자를 내기도 힘들고 직원들의 월급을 주는 것조차 힘들다며 길고 장황하게 늘어놓는 그 말의 요지는 결국 하나였다.

'고소 취하.'

사실 도진은 이번 일이 제대로 된 법적 책임을 묻기 어려우리라 생각하고 있었다.

그렇기 때문에 사건을 키워 '민심 재판'으로 끌고 가자고 한 김찬웅의 의견이 더욱 마음에 들었다.

이 소송은 기껏해 봤자 얼마 되지 않는 벌금을 물고 끝나리라고 생각했다.

하지만 조택일의 생각은 조금 달랐던 모양이었다.

'그 벌금이 아까워서 이러는 건가.'

고작 이 벌금 몇 푼이 아깝다고 이렇게까지 머리를 조아리다니.

이럴 것이었다면 애초에 이런 일을 하지 않았으면 될 일이었다.

"왜 이렇게까지 하는 건가요?"

도진은 순수한 의문이 들었다.

그에 조택일은 마치 준비라도 한 듯 술술 대답을 이었다.

"저는 정말 마이너스입니다. 변호사 구할 돈, 벌금 낼 돈도 없습니다. 들인 자본금도 제대로 회수하지 못한 상태입니다. 제가 백번 천번 잘못한 것이 맞고 이 빚도 제 탓이니 제가 안고 갈 것이었지만 더 이상 제 처자식에게 피해를 줄 순 없습니다."

도무지 이해할 수 없었다.

도진이 알고 있는 영업장만 해도 분명 여러 개였다.

심지어 그중 몇 개는 유명한 맛집으로 웨이팅을 해야 먹을 수 있을 정도로 사람이 많았다고 들었다.

애초에 그런 정황을 알고 있었기 때문에 도진은 그에게 투자 제안서를 보냈던 것이었다.

그런 사람이 고작 벌금이, 변호사 구할 돈이 없다니.

어림도 없는 소리였다.

그리고 설령 정말 조택일이 그런 상황이라고 하더라도 도진이 그의 말을 들어줄 필요는 없었다.

도진은 단호하게 그의 부탁을 거절했다.

"죄송하지만 저는 고소 취하할 생각 없습니다. 선생님은 그저 다들 그러니 별다른 문제가 없으리라고 생각하고 베껴

서 사업을 시작하셨을지 모르지만, 선생님이 훔친 건 저뿐만 아니라 저와 함께 일하는 이들의 땀이고 노력입니다. 그걸 그렇게 쉽게 얻으려고 하셨으니, 마땅한 결과라고 생각하세요."

도진은 얼마 남지 않은 커피를 모두 마신 뒤, 자리에서 일어나며 말을 덧붙였다.

"이 이상 대화를 원하신다면, 앞으로는 변호사를 통해 주시죠. 그럼 이만."

한 치의 틈도 없는 도진의 말에 조택일은 그저 멀어지는 도진의 뒷모습만 바라볼 수밖에 없었다.

그 후로도 조택일은 몇 번이고 김찬웅을 통해 고소 취하를 원하는 의사를 내비쳤지만, 도진의 입장은 견고했다.

"지금 합의하고 고소 취하하게 되면 이 일은 거기서 끝나는 거잖아요. 저는 적어도 이 일에 대해서 판결문을 받고, 하나의 사례로 남겨 두고 싶어요."

요식업계는 뭐가 하나 이른바 히트했다 하면 너도 나도 레시피 표절, 메뉴 베끼기가 만연했고, 심하면 인테리어나 건축물 자체까지 베끼곤 했다.

이런 일은 앞으로도 끊임없이 일어날 게 분명했지만, 이에 대한 대책은 전혀 세워져 있지 않았다.

민사상 손해배상 책임을 묻기 위해서는 상대방이 어떤 위법행위를 해서 그로 인해 자신이 손해를 입어야 했다.

하지만 이런 문제의 경우 상도덕에 반하는 행위가 분명하지만 '위법한 행위'라고 평가하기에는 문제가 있었다.

조리법은 완성된 창작물이라기보단 그 전 단계인 '아이디어', '생각'에 불과하기 때문에 저작권법의 보호 대상에 해당하기 어렵다고 보기 때문이다.

도진의 경우는 '손 수'라는 상표를 등록해 놓았기 때문에 그것을 토대로 법적 책임을 물을 수 있었지만.

그렇지 못한 가게들이 수두룩할 터였다.

그렇기에 도진은 자신의 일도 하나의 사례로 만들어, 앞으로 또 생길 제2의 모방 업체 피해자들에게 힘이 되어 주는 것은 물론, 이런 사례들이 쌓여 근본적으로 해결할 수 있는 법안이 나오길 바라는 마음이었다.

그렇기에 도진은 이대로 그냥 넘어갈 순 없었다.

"계속 소송을 진행하게 되면 비용이 꽤 많이 들 수도 있는데 괜찮으시겠어요?"

"네, 저는 상관없어요."

김찬웅은 그런 도진의 의견을 받아들이며 소송을 계속 진행했다.

어느덧 시간이 흘러 이번 일에 대한 사람들의 관심이 시들

해질 때쯤.

1심 판결이 나왔다.

"역시 예상대로네요."

"네, 맞습니다. 아무래도……."

판결에 관한 내용은 도진과 김찬웅의 예상을 빗나가지 않았다.

시간이 흘러 '손 수 표절' 사건은 어느덧 사람들의 관심에서 뒷전이 되었다.

하지만 법적 공방은 여전히 이어졌고, 드디어 오늘 그 끝을 보게 되었다.

1심의 판결은 도진과 김찬웅의 예상대로 흘러갔다.

인테리어의 표절의 경우 유사한 점이 있으나 이것을 저작권 침해로 간주하기 힘들어 결국 인정되지 않았다.

레시피에 대한 경우도 마찬가지였다.

과거 '대만 카스테라'나 '버블티'와 같이 업체가 우후죽순으로 난립하며 서로 베끼는 사례가 많았을 정도로 조리법은 저작권법의 보호를 받지 못했다.

위의 예시와 같이 레시피에 대한 부분도 표절이라고 인정받기 어려웠던 상황.

'손 수' 측에서 가장 강조한 것이 바로 '상표권'에 대한 것이었다.

김찬웅은 도진이 '손 수'의 상표 등록 사실을 알고 난 뒤, 이를 가장 강조하여 소장을 작성했다.

앞선 인테리어나 운영법, 그리고 음식의 레시피와 직원들의 유니폼 각각으로는 표절로 인정받기 쉽지 않았고, 그로 인한 처벌이 어려웠다.

하지만 이렇게 상표를 등록한 상황에서는 얘기가 좀 달랐다.

"저희가 노리는 건 '손 수 담다'의 조택일 대표가 부정경쟁 방지법을 위법했다고 주장할 겁니다."

"그게 뭔가요?"

도진의 물음에 김찬웅이 자세한 설명을 덧붙였다.

그가 말하는 부정경쟁 방지법이란 타인의 영업 성과물을 무단으로 이용하는 등의 불공정한 경쟁 행위를 막는 법률이었다.

그러니까 '손 수 담다'의 성과물 도용이 인정되면 영업 중지 및 손해 배상이 가능한 법률이었다.

현행 부정경쟁 방지 및 영업비밀보호에 관한 법률 제2조 1호 항목은 아래와 같았다.

'타인의 상당한 투자나 노력으로 만들어진 성과 등을 공정한 상거래 관행이나 경쟁 질서에 반하는 방법으로 자신의 영

천재셰프
회귀하다

업을 위하여 무단으로 사용함으로써 타인의 경제적 이익을 침해하는 행위.'

김찬웅은 바로 이 조항을 이용하기로 했다.

본래라면 조리법은 저작권법에서 정하는 '표현된 것'이 아닌 '내재된 아이디어'에 불과하며, 특허 등록 대상이 될 수 있지만 배합 비율 등 특정된 수치나 비율을 벗어나면 이른바 '회피 설계'로 인정돼 실효적 보호가 어려웠다.

하지만 도진의 경우는 조금 달랐다.

파인다이닝의 메뉴들은 모두 본인이 직접 개발하는 것이었기 때문에 조리법은 비슷할 수 있어도, 표현하는 것은 모두 제각각이었다.

특히 플레이팅하는 데에 있어 차이가 날 수밖에 없었다.

'손 수 담다'는 '손 수'의 메뉴를 그대로 베낀 것은 물론이고 플레이팅까지 그대로 훔쳐 왔다.

조금 달라진 것이 있다면 단품으로 판매하게 되며 메뉴의 양 자체를 조금 더 늘린 것뿐이었다.

이런 레시피와 플레이팅뿐 아니라 전체적으로 쌍둥이 가게라고 해도 무방할 정도로 닮아 있는 두 가게의 유사성을 인정한 법원은 결국 도진의 손을 들어 주었다.

사람들이 '손 수'의 예약이 힘들거나 가격이 부담스러우면 '손 수 담다'로 가면 된다는 팁 아닌 팁들을 올린 글들과 함께 첨부한 '손 수'의 예약 문의와 매출을 그래프로 나타낸 서류를 통해 도진은 '손 수'가 입은 피해를 증명했다.

해당 증빙 서류와 조택일이 '손 수'를 모방한 '손 수 담다'를 통해 벌어들인 수익을 참작해 법원은 조택일에게 1년 6개월의 징역 또는 2천만 원의 벌금형, 그리고 피해를 입은 '손 수' 측에는 추정 손해액의 3배에 달하는 6천만 원의 피해 보상액을 주어야 한다는 판결을 내렸다.

조택일을 해당 판결이 과하다며 항소했지만, 쉬이 인정되진 않았다.

대중들에게선 잊혔지만, 이런 판결은 자영업을 하는 사람들 사이에서는 두고두고 회자될 정도로 이례적인 일이었다.

김찬웅은 최종 판결 후 도진과 인사를 나누며 말했다.

"이게 다 셰프님께서 자료를 잘 모아 두신 덕분에 가능했던 일입니다."

"아닙니다. 변호사님이 자기 일처럼 신경 써 주신 덕분에 가능했던 일이죠. 언제 한번 식사하러 오세요. 꼭 한 끼 대접해 드리고 싶네요."

실제로 김찬웅은 정말 제 일인 것처럼 열성적으로 도진의 사건에 임했다.

도진은 그런 그에게 고마움을 느꼈고, 진심으로 그에게 식사라도 대접하고 싶은 마음이었다.

하지만 김찬웅은 손사래를 치며 대답했다.

"제가 해야 하는 일이었는데요."

천재셰프
회귀하다

그는 머쓱하게 자신의 머리를 쓸어 넘기며 웃었다.

"이번 일을 맡게 되면서 많은 생각이 들었습니다. 이렇게 나 법 규정의 허술한 부분이 많다니……. 저희 형도 겪을 수 있는 일이라고 생각하니 도진 씨가 비용이 많이 든다고 해도 이 일을 하나의 사례로 만들어 두고 싶다는 얘기가 이해가 가더군요."

김찬웅은 저도 모르게 사명감이 불타올랐다며, 자신이 원해서 그렇게 열성적으로 변호를 맡은 것이니 도진의 식사 제안은 고맙지만 마음만 받겠다며 말했다.

"셰프님은 그러면 이제, 맘 편히 다시 주방으로 복귀하실 수 있으시겠군요?"

김찬웅의 물음에 도진은 쉬이 대답하지 못하고 머뭇거리다 입을 열었다.

"아니요. 가게는 조만간 은준이 형한테 모두 넘길 것 같아요."

"네? 그게 무슨, 왜요?"

"그냥, 아직 제가 부족한 것 같아서요."

사실 이 사건은 도진에게도 큰 터닝 포인트가 되었다.

이렇게 쉽게 자신의 레시피를 도용당한 것은 충격으로 다가왔다.

믿어 왔던 것들이 부정당한 기분이었다.

조택일은 재판 당시 원고 측이었던 도진의 주장을 부정하

카피캣 229

기 위해 다양한 자료들을 찾아 자신의 죄에 대해 부정했다.

특히 그중에서도 '같은 메뉴가 기존에 시도된 적이 없거나 알려진 메뉴라는 취지의 주장은 인정할 근거가 없다.'라며 비슷한 듯 다른 메뉴들을 가지고 왔다.

뒷받침하기 위해 가지고 온 자료들은 도진에게도 많은 공부가 되었다.

실제로 그중에는 꽤 비슷한 레시피나, 어떻게 보면 자신의 것보다 더 낫다 싶은 레시피도 있었다.

아니면 해당 레시피를 조금만 변형하면 더 좋을 것 같다는 생각이 드는 것들도 있었다.

그런 것을 느끼며, 도진은 문득 하나의 의문을 떠올렸다.

'나는 아직 배움이 부족한 건 아닐까?'

세상은 넓고, 다양한 사람들이 생각하는 다양한 요리들이 있었다.

지금껏 도진은 그저 못 이뤘던 꿈을 이루기 위해.

자신의 파인다이닝을 열겠다는 생각에 급급해 앞만 보고 달려왔다.

그러나 이번 사건은 브레이크가 고장 난 8톤 트럭 같던 도진에게 제동을 걸어 주는 역할이 되었다.

재판이 진행되는 동안 도진은 많은 생각을 했고, 결론을 내릴 수 있었다.

'나는 아직 많이 부족한 사람이야.'

그렇기에 도진은 성은준에게 가게를 넘기기로 한 것이었다.

김찬웅은 도진의 의외의 대답에 다시금 그에게 물었다.

"그럼 셰프님은 앞으로 뭘 하실 예정인가요?"

앞선 질문은 쉬이 대답하지 못한 채 머뭇거리던 도진이 이번 질문에는 한 치의 망설임 없이 대답했다.

"한번 떠나 보려고요!"

아리송한 도진의 대답에 김찬웅은 더욱 알 수 없다는 듯 고개를 갸우뚱할 수밖에 없었다.

재판이 마무리된 후 도진은 빠르게 '손 수'의 명의를 전환한 뒤.

마지막으로 '손 수'의 마감을 마치고 함께 일했던 직원들에게 인사를 건넸다.

"다들 오늘 정말 고생 많으셨습니다. 그리고 앞으로 은준 셰프님도, '손 수'도 잘 부탁드립니다."

"셰프님, 정말 가시는 거예요?"

"진짜로 오늘이 마지막이에요?"

"안 가시면 안 돼요?"

도진의 마지막 인사에 직원들은 모두 아쉬움에 도진을 붙잡는 시늉을 했다.

그런 직원들의 모습에 난감한 표정을 짓는 도진의 모습을 보며 성은준이 혀를 끌끌 차며 말했다.

"다들 뭐야, 떠난다는 사람 붙잡고? 나보다 도진 셰프가 더 좋은 거야? 그럼 나 좀 서운해."

그 말에 직원들은 웃음을 터트리며 대답했다.

"아, 진짜, 셰프님. 뭐야 완전 쪼잔해 보여요."

"저는 수 셰프가 더 좋습니다!"

"와, 경환이 너 태세 전환하는 것 좀 보게. 진짜 대박이다."

"이게 바로 사회생활이라고 배웠습니다, 셰프님!"

도진은 농담을 주고받는 직원들과 성은준의 모습에 한시름 걱정을 덜었다는 듯 웃으며 말했다.

"오늘은 제가 쏠 테니까 송별회나 하러 갈까요?"

그 말에 직원들은 신이 난 표정을 하며 앞다퉈 가게를 나섰다.

근처의 선술집으로 향한 '손 수'의 식구들은 마지막이니만큼 걱정 없이 시키라는 도진의 말에 잔뜩 상기되어 이런저런 메뉴들은 물론 술도 거침없이 시켜 댔다.

도진의 통장을 털고 말겠다는 기세였다.

결국 그중 살아남은 것은 나이로 인해 술을 마시지 못하는 도진과 차를 가지고 왔다며 술을 뺀 성은준뿐이었다.

다음 날은 휴무가 아니었기에 너무 늦지 않게 자리를 마무리했지만, 직원들은 모두 취해 있었다.

도진은 그런 직원들을 모두 챙겨 집에 보내고는 마지막 남은 직원까지 택시를 태워 보내고 난 뒤.

집으로 향하려고 했다.

"저희도 이제 들어가죠. 형, 조심히 들어가요."

"내 차 타고 가. 데려다줄게."

"피곤할 것 같은데 괜찮겠어요?"

도진의 말에 성은준이 뭘 그런 것을 물어보냐며 타박하는 투로 말했다.

"당연히 피곤하지! 근데 이렇게 가고 나면 또 한동안 못 볼 것 같아서 그래."

그냥 데려다준다고 그럴 때 얌전히 자신의 차를 타고 가라며 말하는 성은준에 도진이 웃으며 그의 차에 올라탔다.

성은준은 익숙한 듯 도진의 집으로 네비를 찍은 뒤.

도진에게 물었다.

"그래서, 내일부터는 뭐 할 거야?"

재판이 끝난 뒤 더 다양한 경험을 쌓고 싶다며 모든 것을 자신에게 맡긴 도진의 말은 충분히 당혹스러울 만했지만.

성은준은 오히려 좋다는 듯 그 말에 흔쾌히 동의했다.

도진은 그런 그에게 깊은 감사를 표했지만, 알겠다며 대답한 성은준이 관두고 난 뒤에는 뭘 할 거냐며 물었던 질문에는 끝끝내 대답해 주지 않았다.

성은준은 답답하다는 듯 말했다.

"이제 진짜 알려 줘도 되지 않아?"

도진은 그런 성은준의 말에 문득 궁금하다는 듯 되물었다.

"형은 제가 뭐 할 것 같아요?"

"글쎄."

잠시 고민하던 성은준은 도저히 알 수 없다는 듯 고개를 저으며 말을 이었다.

"아무리 생각해 봐도 모르겠다. 새로운 경험이면 뭐, 대학이라도 가려고?"

성은준의 대답에 도진은 눈을 동그랗게 뜨며 말했다.

"오, 그것도 나쁘지 않았을지도 모르겠는데요? 대학을 갈 걸 그랬나?"

"그게 뭐야. 그럼 대학이 아니면 정말 뭐지?"

도진의 반응에 실없는 웃음을 터트린 성은준은 다시금 골똘히 생각에 빠진 표정을 지었다.

그 모습에 도진이 씩 웃으며 말했다.

"더 많은 경험을 쌓기 위해서는 아무래도 그것만큼 좋은 게 없죠."

"그거?"

"배낭여행!"

"배낭여행?"

천재셰프
회귀하다

자신이 들은 게 맞는지 다시금 되묻는 성은준의 말에 도진
은 다시 한번 대답했다.

"네! 배낭여행!"

"아니, 그거랑 요리랑 무슨 상관인, 그보다 너는 그게 얼
마나 힘든 건 줄은 알고…….'

"걱정하지 말아요, 형."

자신의 말에 걱정스러운 잔소리를 쏟아 내려는 성은준의
말을 끊은 도진은 의미심장한 미소를 지으며 말을 덧붙였다.

"제가 다 생각해 둔 게 있다니까요."

끝없는 배움을 위해

　도진은 이번 재판을 진행하며, 레시피를 베낀 것은 아니라
고 주장하기 위해 조택일 측에서 가지고 온 자료들을 보며
느낄 수 있었다.

　'나는 아직 우물 안의 개구리구나.'

　하나에 국한되지 않고 전 세계의 다양한 사례와 레시피들
을 가지고 와 자신의 주장을 뒷받침하던 조택일 측의 자료들
은 다양함 그 자체였다.

　지금껏 도진이 직접 경험해 본 것이라고는 모국인 한국과
유학을 떠나 살게 되었던 프랑스뿐이었다.

　프랑스에서 요리를 배울 당시에서 한 가지에 몰두해 실력
을 쌓을 수 있었다.

하지만 하나를 너무 깊게 파고든 나머지 다른 것들은 신경 쓰지 못했다.

요리는 끝이 없었고, 장르도 다양했다.

그리고 많은 경험을 가지고 있으면 그 경험을 자신의 것으로 만들어 더 다양한 요리에 응용할 수 있었다.

순전히 요리뿐만이 아니었다.

경험 자체가 중요한 것이라고 생각했다.

그래서 도진은 더 넓은 해외로 나갈 생각이었다.

배낭에 가볍게 짐을 챙겨 훌쩍 떠나, 더 넓은 곳에서 더 많은 경험을 쌓을 생각이었다.

여러 레스토랑과 파인다이닝을 찾아 더 많은 요리를 경험할 수 있도록.

그 나라의 문화와 삶을 조금이라도 곁에서 보며 직접 체험하고자 했다.

최대한 이른 시일 안에 외국에 나가기 위해 도진은 일이 마무리되는 대로 가장 빠른 비행기 편을 알아보았다.

그리고 도진은 '손 수'의 마지막 근무일로부터 이틀 뒤인 현재.

공항에 서 있었다.

보안 검사대 앞에 선 도진의 엄마는 한숨을 푹 내쉬었다.

"어휴, 무슨 미국을 간다고 그래."

"혼자 가서 죄송해요. 다음번에는 같이 가요, 어머니."

"내가 지금 혼자 간다고 뭐라고 그러니?"

어머니의 말에 곁에 서 있던 아버지가 장난스러운 미소를 지으며 딴죽을 걸었다.

"혼자 간다고 뭐라 그러는 게 맞긴 하지, 당신."

"여보! 당신은 애가 그 위험한 곳에 혼자 간다고 하는데 걱정도 안 돼요?"

눈치 없는 아버지의 말에 어머니가 눈을 부라리며 말했다.

어머니에게 미국은 총기와 갱, 그리고 마약의 나라 정도로밖에 안 보이는 듯했다.

사실 그 말도 어느 정도 틀리지 않았다.

개인이 총기 소지가 가능한 만큼 선진국치고는 상당히 범죄율이 높은 나라가 미국이었으니까.

도진이 입을 열었다.

"너무 걱정하지 마세요, 어머니. 그래도 뉴욕은 도시니까 다른 곳에 비해서 안전할 거예요."

"대한민국 범죄는 무슨 시골에서만 일어난다니?"

도진과 어머니의 대화를 듣고 있던 여동생 도희가 핸드폰에 시선을 고정한 채 말했다.

"괜찮다니까 그러네, 뉴욕의 친절한 이웃 스파이더맨이 도와줄 거라구."

그런 도희의 말에 도진과 아버지는 차마 참지 못해 큰 소리로 웃음을 터트렸고, 어머니는 기가 차다는 듯 웃고 있는 두 사람을 바라보며 고개를 저었다.

　도진은 이내 그런 어머니를 잠시 끌어안았다.

　정말 잠시였다.

　도진은 곧 당황한 어머니의 얼굴을 바라보며 입을 열었다.

　"다녀올게요."

　"……도착하면 전화하고."

　"네, 알겠어요."

　가족들과 작별 인사를 마친 도진은 보안검사대와 출국 심사대를 거쳐, 제 비행기로 향했다.

　성은준에게는 자신만만하게 얘기했지만, 사실 도진의 계획은 그리 거창한 게 아니었다.

　도진에게는 훌쩍 떠나도 큰 문제가 없는 충분한 자본이 있었다.

　사실상 '손 수'를 창업할 때 도진의 돈은 거의 들지 않았다.

　'손 수'의 창업 비용 지분은 김 회장의 투자가 제일 컸고 그다음은 본인이 투자하겠다고 말했던 성은준이었다.

　두 사람의 투자 덕분에 도진은 자신의 돈은 거의 들이지 않고 가게를 열 수 있었고, 기껏해 봐야 도진이 쓴 돈이라고는 오픈 전 메뉴 개발에 쓰인 재료비.

그리고 직원들의 인건비와 가게 유지비 정도였다.

물론 그것도 적은 돈은 아니었지만, 그동안 방송 출연비와 상금 등을 차곡차곡 모아 놨던 도진에게는 그렇게 큰 부담은 아니었다.

뉴욕으로 가는 항공권이며, 한동안 생활에 필요한 금액들은 큰 문제가 되지 않았다.

그럼에도 불구하고 도진은 비좁은 이코노미석에 앉아 있었다.

―손님 여러분, 안녕하십니까? 저희 지스타 항공 128편을 이용해 주시는 분들께 진심으로 감사의 말씀을 드리며…….

안내 방송이 울리는 가운데, 비행기가 하늘로 이륙하기 시작했다.

앞으로 고작 14시간 후면 뉴욕에 도착해 있을 터였다.

도진이 이코노미에 탈 수밖에 없었던 이유도 이 때문이었다.

뉴욕으로 향하는 비행기 중 가장 빠르게 도착할 수 있는 직항 항공편의 좌석이 이코노미밖에 남지 않았기 때문이다.

좀 더 편한 비즈니스석으로 예매하기 위해서는 다른 곳을 경유하는 항공편을 타야 했다.

짧게는 18시간에서 길게는 26시간이 걸리는 항공편을 타야 했는데, 현재 도진에게 가장 중요한 것은 시간이었다.

고작 좀 더 편한 자리에 앉겠다고 네다섯 시간, 심지어는 열 시간 이상의 시간을 소요할 수는 없었다.

적어도 지금 도진에게 가장 값비싼 것은 시간이었다.

비행기에서의 시간은 지루하게 흘러갔다.

몇 번을 뒤척이며 자리를 다잡았지만 역시 좁은 자리는 불편할 수밖에 없었다.

그러는 와중에도 승무원들은 자신들의 일을 충실히 해 나갔다.

지루한 비행 중 도진이 그나마 즐거웠던 것은 기내식을 먹는 순간이었다.

물론 미리 만들어 뒀다 오븐에 데워서 내오는 음식일 뿐이었지만, 그럼에도 불구하고 기내식의 맛은 훌륭한 편이었다.

'어떻게 이렇게 맛을 유지할 수 있는 걸까?'

뉴욕 라과디어 공항에 도착하기 전.

마지막으로 나온 두 번째 기내식에 도진은 입맛을 다셨다.

이륙하고 난 뒤 첫 기내식인 불고기 쌈밥이 도진의 입맛에 딱 맞았기 때문이었다.

케일과 쑥갓, 상추에 간장으로 양념한 짭조름한 불고기와 흰 쌀밥을 싸서 입에 넣으면, 입안 가득 느껴지는 충족감은 이루 말할 수 없을 정도였다.

덕분에 두 번째 기내식으로 선택한 잠발라야도 기대할 수밖에 없었다.

토마토소스나 다진 토마토를 써서 만들어 붉은색을 띠는 잠발라야는 보통 레드 잠발라야라고 통칭했다.

도진의 눈앞에 놓인 것도 레드 잠발라야였다.

손질한 고기와 해산물, 채소 등의 다양한 재료에 불려 두었던 생쌀을 넣고 끓여 만드는 잠발라야는 미국 남부에서 주로 먹는 일종의 볶음밥이었다.

도진은 기대 섞인 눈으로 잠발라야를 한 입, 입에 넣었고.

입안에서 느껴지는 잠발라야의 맛은 도진의 기대를 배신하지 않았다.

리조또처럼 부드러우면서도 깊은 풍미, 살짝 질척한 볶음밥 같은 식감은 마치 입안에서 녹아내리는 듯한 기분이 들게 했다.

도진은 눈을 감은 채 잠발라야의 맛을 하나하나 느끼기 위해 노력했다.

물론 금방 만든 음식이 아니었기 때문에 아쉬운 점이 없었다고는 할 수 없었지만, 이 정도의 퀄리티를 유지하기 위해서는 분명 수많은 요리사들의 고민에 고민이 더해진 요리일 터였다.

'금방 완성되었을 때는 얼마나 맛있었을지 궁금하네.'

입안에 들어온 소시지에서는 노릇하게 구워 마이야르 반

응을 일으킨 듯 고소한 캐러멜 향이 느껴졌다.

토마토의 새콤한 산미와 함께 마지막에 느껴지는 약간의 매콤함은 도진이 끊임없이 숟가락질을 할 수 있게 만들었다.

'타바스코 소스, 아니 카옌 페퍼 파우더가 들어간 건가?'

도진은 우물거리며 식사를 이어 가면서도 속으로는 레시피 분석을 놓지 않았다.

그리고 이내 마지막 한 입까지 모두 먹어 치운 뒤, 입안을 물로 한번 헹궈 내고는 주변을 둘러보았다.

다른 사람들이 먹는 기내식이 궁금한 이유도 있었지만, 잠발라야를 먹는 다른 이들의 반응이 궁금하기도 했기 때문이었다.

잠발라야를 먹는 이들 중 표정이 안 좋은 사람은 아무도 없었다.

'확실히 맛있는 것은 누구에게나 맛있는 법이지.'

그 간단한 진리를 되새긴 도진은 마음 한구석이 벅차오르는 것을 느꼈다.

14시간의 길다면 길고 짧다면 짧았을 비행이 끝난 뒤, 도진은 뉴욕의 라과디어 공항 앞에 서 있었다.

뉴욕의 10월은 서울과 크게 다르지 않았다.

해가 진 저녁의 뉴욕은 대한민국의 가을 날씨보다 조금 더 쌀쌀한 온도였다.

서늘한 공기는 숨 쉴 때마다 콧속의 혈관을 움켜쥐었고, 그 탓에 도진은 의식적으로 입을 통해 숨 쉬고 있었다.

"생각보다 쌀쌀하네."

택시를 타고 공항을 나서자, 노랗게 잎을 물들이고 있는 나무들 사이로 아기자기한 주택들이 잔뜩 붙어 있는 거리가 나왔다. 전체적으로 붉은 벽돌로 지어진 집이 대부분이었다.

한국에서는 좀처럼 느낄 수 없는 정서에 도진은 어쩐지 괜히 웃음이 나왔다.

'정말 외국 같다.'

프랑스와는 또 다른 뉴욕의 매력에 흠뻑 빠질 무렵.

공항이 있던 퀸즈에서 벗어나 택시가 다리를 지나자 눈앞에는 고층 건물들이 하나둘씩 보이기 시작했다.

맨해튼에 도착한 것이었다.

도진은 택시에서 내리며 거리를 두리번거리기며 걷기 시작했다.

정처 없이 떠도는 것 같았지만, 도진은 주변을 둘러보면서도 착실히 목적지를 향해 가고 있었다.

'이 근처인 것 같은데.'

지도와 거리를 번갈아 가며 확인한 도진은 이윽고, 단색 페인트칠 된 벽돌 건물의 맨해튼의 전형적인 아파트 앞에 도착했다.

아파트 내부에 진입한 도진은 좁은 통로를 따라 자신이 예약한 310호 문 앞에 섰다.

호스트에게 사전에 안내받은 대로 셀프 체크인 후, 방에 들어서 불을 켠 도진은 현관에서 가장 가까웠던 작은 방으로 들어가 가방을 내려놓고 몸을 뉘였다.

장시간의 비행과, 낯선 타지에서 홀로 움직이고 있다는 것은 알게 모르게 도진에게 큰 피로가 되었고.

숙소에 도착하자마자 그 긴장이 한꺼번에 몰려와 온몸의 기운이 쭉 빠졌기 때문이다.

그렇게 제대로 짐도 풀지 못한 채 침대에 널브러진 도진은 금세 잠자리에 들었고, 다음 날 아침.

큰 창밖에서 들어오는 눈이 부신 햇살에 눈을 뜬 도진은 그제야 집을 둘러보기 위해 방 밖으로 나서려고 했다.

'방이 두 개라고 했던 것 같은데…….'

도진이 숙소로 예약한 아파트는 힙한 놀리타, 차분한 이스트 빌리지, 번잡한 소호가 교차하는 곳에 있어 어디든 걸어서 이동하기 좋았다.

게다가 거실 창밖으로는 아파트 중앙에 있는 도시에서 가장 오래된 정원이 자리 잡고 있다고 했다.

그리고 가장 중요한 것은, 이곳에서 걸어서 십오 분이면 미슐랭 3스타 프렌치 레스토랑인 위(Oui)가 있었다.

천재 셰프
회귀하다

그곳에서의 식사를 기대하고 있던 도진은 비록 식사는 내일이었지만, 집을 한번 둘러본 뒤.

준비를 하고 밖을 둘러볼 겸 위(Oui)가 있는 상점가 거리를 구경하러 갈 생각이었다.

'빨리 준비하고 나가야지.'

씻기 위해 옷을 챙긴 도진은 먼저 샤워하고 보송해진 상태로 옷을 갈아입은 뒤.

물을 마시기 위해 주방의 냉장고를 열어 보았다.

텅 비어 있으리라고 생각한 냉장고는 어쩐지 음식들이 가득했다.

'이게 다 뭐지? 호스트가 먹으라고 준비해 둔 건가?'

하지만 그런 것치고는 먹다 남은 음식이 있었다.

어리둥절한 채 물을 꺼내 고개를 들고 한 모금을 삼키던 도진은, 이내.

"Hi, Are you Dojin Kim?"

집 안에서 들리는 낯선 목소리에 놀라 물을 뿜을 수밖에 없었다.

목소리가 난 곳으로 고개를 돌리자 도진의 눈앞에는 누가 봐도 서양인이라는 걸 알 수 있는 푸른 눈을 한 반라의 남자가 서 있었다.

"오, 저런, 아침부터 바닥 물청소를 제대로 하게 됐는걸. 집이 깨끗해지겠어요."

그는 어디선가 물걸레를 꺼내 오더니 자연스럽게 도진의 손에 쥐어 주고는 냉장고를 열며 말했다.

"아침은 간단하게? 아니면 뭐 원하는 메뉴라도 있나요?"

도진은 자연스럽게 행동하는 남자의 행동에 잠시 얼이 빠진 채 있다가 당황스러운 목소리로 그에게 물었다.

"저기, 여기는 제가 예약한 숙소인데 그쪽은 누구세요?"

그 말에 남자는 오히려 자신이 더 당황스럽다는 듯 말했다.

"저는 여기 집 주인인데……."

난감한 표정을 한 남자는 이윽고 자신의 소개를 했다.

"반갑습니다. 저는 루카스입니다. 이 낡지만 아늑한 집의 주인이고, 당신의 호스트이기도 하죠."

"도대체 호스트인 당신이 왜 여기 있는 거죠?"

도진은 미심쩍은 표정을 하고는 묻자, 루카스는 한숨을 푹 쉬며 되물었다.

"혹시 예약할 때 상세 설명을 제대로 읽지 않았나요?"

무슨 말을 하는지 전혀 이해하지 못하는 듯한 도진의 표정에 루카스는 예상대로라는 표정을 지으며 말을 덧붙였다.

"이 숙소는 호스트가 거주하고 있는 곳으로 룸을 일부 쉐

어하는 형태로 운영하고 있다고 분명 적혀 있을 거예요. 한 번 확인해 보시죠."

도진은 그의 말에 벙한 얼굴로 믿을 수 없다는 듯 다시금 자신이 숙소를 예약한 페이지로 들어갔다.

그리고 이윽고 상세 설명을 확인한 도진은 낭패라는 듯 표정을 구겼다.

'어쩐지 가격도 저렴한데 예약이 비어 있던 이유가 있었군.'

자신의 실책에 도진은 순순히 루카스에게 사과를 했다.

"미안합니다. 급하게 예약하다 보니, 정확히 읽어 보지 못했네요."

"괜찮아요. 그런 분들이 종종 있죠."

"혹시 예약 취소는 안 되겠죠?"

"원한다면 해 드리죠. 하지만 하루치 숙박비와 취소 수수료를 제외한 금액만 환불 가능하다는 걸 이해해 줬으면 하네요."

도진의 말에 루카스는 의외로 흔쾌히 대답했다.

그리고는 한마디를 덧붙였다.

"우선, 아침이나 먹죠."

아침 식사 준비는 호스트인 자신의 일이라며 루카스에게

밀려난 도진은 자신이 하룻밤 묵었던 방으로 돌아와 짐을 챙겼다.

작은 방에는 아침 해가 따뜻하게 비춰지고 있었다.

'그래도 나름 맘에 드는 숙소였는데.'

아쉬운 마음이 들었지만, 완전한 타지에서 처음 보는 누군가와 함께 머문다는 것은 쉽지 않은 일이었다.

'어쩐지 현관 비밀번호에 룸 키가 따로 있더라니.'

어제는 영문을 알 수 없었지만, 이제야 모든 정황이 이해가 가기 시작했다.

전날 피곤함에 바로 잠들었던 탓에 크게 짐을 풀지 않았던 도진은 가볍게 씻은 뒤, 사용한 세안 도구와 옷가지들을 정리해 가방을 챙겨 밖으로 나왔다.

그 시간은 고작 15분 남짓이었는데 요리는 어느새 거의 다 완성된 듯, 방을 나서자마자 맛있는 냄새가 도진의 코를 간지럽혔다.

루카스는 가방을 메고 있는 도진을 재촉했다.

"얼른, 이쪽에 와서 앉으시죠."

도진을 식탁에 앉힌 루카스는 그의 앞에 동그랗고 넓은 접시를 내려놓았다.

접시 위에는 맥 앤 치즈와 햄버그스테이크, 그리고 샐러드가 서로의 영역을 침범하지 않은 채 오밀조밀하게 담겨 있었다.

도진은 빠르게 완성된 요리에 놀라며 루카스에게 말했다.

"냄새가 정말 좋네요. 요리 실력이 좋으신가 봐요."

"과찬이십니다. 겨우 밥벌이 하는 수준인걸요."

루카스는 그렇게 말하며 옅게 웃었다.

"좋은 음식은 먹는 사람도 만드는 사람도 행복하게 만드는 법이니까요. 그리고 고작 이 정도로……."

루카스는 무언가 말하려던 듯 입을 열더니, 다시 닫았다.

도진은 그런 그를 슬쩍 바라보다, 이내 접시로 시선을 옮겼다.

맥 앤 치즈 특유의 느끼함과 고소함 경계에 서 있는 향기가 코를 찔렀다.

금방이라도 입안에 침이 고일 정도로 매력적인 냄새였다.

"우선 이런 음식을 대접받은 저는 행복해졌으니, 당장은 그걸로 충분하지 않을까 싶네요."

도진의 말에 루카스가 웃음을 터트렸다.

"먹기도 전에 그렇게 말하는 것은 너무 아부 아닌가요? 그렇게 말하더라도 전체 환불은 해 드릴 수 없어요. 계란은 반숙이겠죠?"

"네, 물론이죠."

장난스럽게 말한 루카스는 도진의 대답에 프라이팬에서 동그랗게 모양을 잡아 구워 낸 계란을 도진과 자신의 햄버그 스테이크 위에 올렸다.

요리를 모두 마친 루카스가 자리에 앉았고, 그는 잠시 손을 모아 기도를 올렸다.

그걸 본 도진이 물었다.

"카톨릭인가요?"

"네, 모태신앙이죠. 그보다 얼른 식사 먼저 하시죠."

루카스는 대답과 함께 포크를 들었다.

그에 도진도 따라 포크와 나이프를 들었고, 그 손은 망설임 없이 햄버그스테이크로 향했다.

사실 도진은 햄버그스테이크를 그리 좋아하는 편은 아니었다.

정확히 말하자면 다진 고기류를 그다지 좋아하지 않았다.

하지만 이 햄버그스테이크에서 풍기는 냄새는 아주 강렬했고, 도진은 그 강렬한 냄새에 이끌릴 수밖에 없었다.

완벽한 반숙의 계란프라이와 함께 그 아래에 있는 햄버그스테이크를 반으로 가르자, 진한 주황빛의 계란 노른자가 햄버그스테이크의 단면을 타고 흘렀다.

도진이 망설임 없이 햄버그스테이크를 한 입 베어 문 순간이었다.

돼지를 쓰지 않고 소고기만 넣은 듯, 고기의 향은 일반적인 햄버그스테이크보다 훨씬 더 강렬하게 다가왔다.

그와 함께 옅은 후추 향, 그리고 소스에서 느껴진 신맛에, 달콤한 맛과 함께 노른자의 고소한 맛이 한꺼번에 몰아쳤다.

'도대체 무슨 소스지?'

혀에 아무리 집중을 해 봐도 도무지 짐작이 가지 않았다.

그가 아는 맛이 아니었다.

도진의 시선은 자연스레 루카스를 향했다.

소스의 정체가 궁금했던 탓이었다.

"이건 무슨 소스인지 알 수 있나요?"

"아, 이건 브라운소스입니다. 흔히 시판되는 소스인데, 그 걸 기반으로 다른 야채들을 넣고 곁들여 한 번 더 끓였어요."

도진은 그제야 알았다는 듯 고개를 끄덕였다.

"어쩐지, 제가 아는 브라운소스의 맛이랑 그래서 달랐던 거군요."

브라운소스는 영국에서 만들어진 소스였다.

간 토마토에 대추나 식초, 설탕 등을 넣어 만드는 소스인 데, 단맛이 강한 걸 HP소스, 신맛이 강한 걸 A1소스라 불렀 다. 한국에선 친근하지 않은 소스였지만, 서양에서는 흔히 쓰이는 소스 중 하나였다.

분명 도진이 해외에서 유학을 하면서 먹어 본 적이 있었던 소스였다.

하지만 그럼에도 한 번에 이 맛을 눈치채지 못한 것은, 루 카스가 그냥 기본적인 소스 그대로 쓰지 않았기 때문이었다.

도진은 루카스에게 한 번 더 물었다.

"그럼, 소스를 만들 때 다른 재료들이 어떤 게 더 들어갔는지 물어도 되나요?"

"오, 물론이죠. A1소스에 캐러멜 라이징한 양파와 사과를 갈아 넣었습니다. 적당히 단맛이 올라오게 말이죠."

"단맛을 느끼고 싶었다면 HP소스를 썼으면 되는 것 아닌가요?"

"그건 너무 달아서요. 입맛에 안 맞더라고요. 그리고 적당히 새콤한 맛이 입맛을 당기게 만들지 않나요?"

루카스는 도진의 말에 대답해 주면서도 연신 포크질을 멈추지 않더니, 이내 식사를 끝마치고는 자리에서 일어났다.

주방 싱크대에 식기를 정리한 루카스는 겉옷을 챙기며 도진에게 말했다.

"설거지는 제가 돌아와서 할 테니 그냥 담아 두도록 해요. 그리고 환불은 오늘 밤에 처리해 줄게요. 식사는 천천히 즐기고 나가도록 하세요."

그렇게 말한 루카스는 출근이 늦었다며, 급히 나가면서도 도진을 배려하는 듯했다.

정신없이 지나간 루카스 덕에 도진은 잠시 멍해졌지만, 이윽고 다시 식사를 이어 갔다.

궁금했던 소스에 대해서는 해결되었으니, 이제 그저 식사를 즐기기만 하면 될 일이었다.

루카스의 햄버그스테이크는 육향도 강했고, 간도 강했다.

한국에서라면 실패한 요리라고 생각했을지도 모르지만,

이곳에서는 이 맛이 보통일 게 분명했다.

하지만 한국의 맛에 익숙했던 도진에게는 쉬이 납득할 수 없는 맛이기도 했다.

'미국의 요리는 다 이렇게 짜려나?'

비록 입맛에 맞지는 않았지만, 바쁜 와중에도 호스트로서 도진을 맞이하기 위해 요리를 준비했을 루카스의 정성을 무시할 수 없었던 도진은 다시금 포크를 들었다.

도진은 미국인 시점에서 요리에 접근하려고 노력했다.

어차피 한동안은 이곳에서 생활할 예정이었고, 이곳의 요리를 이해하지 않으면 그 안에서 배울 수 있는 것은 아무것도 없을 터였다.

도진은 햄버그의 맛을 차근차근 이해하기 위해 노력했다.

강렬한 소고기 육향에 가려져 숨은 복잡한 맛을 느끼려 애썼다.

처음에는 그게 잘되지 않았지만 한 입, 두 입.

계속 먹다 보니 점점 그 맛 안에 섞인 돼지고기의 고소한 맛이 느껴지기 시작했다.

간을 한 소금도 평범한 정제염이 아닌 허브 솔트를 쓴 게 아닐까 하는 생각도 들었다.

'짠맛과 허브의 향이 지나칠 정도로 섞여 있어.'

비록 루카스가 출근한 터라 정답을 물어볼 순 없었지만 도진은 반쯤 확신하고 있었다.

왜냐하면 허브 솔트 특유의 감칠맛이 느껴졌기 때문이다.

그 미묘한 차이가 느껴지자, 왠지 모를 희열이 들었다.

'역시 맛은 알고 먹어야 더 선명하게 느껴지는 법이지.'

도진은 입안으로 퍼져 나가는 뜨거운 육즙을 천천히 음미했다.

루카스가 만든 햄버그스테이크는 흔히 시중에서 먹을 수 있는 햄버그스테이크와는 다른 식감이었다.

보통은 다진 고기를 쓰기 때문에 으스러지는 식감을 가지고 있는 게 대부분이지만, 그의 햄버그는 씹으면서도 얕게나마 육질이 느껴지는 듯했다.

'다진 고기가 아니라 저민 고기를 쓴 건가?'

돼지고기의 맛이 느껴지는 것도 흔치 않은 일이었다.

도진이 알고 있기를, 미국에서는 보통 햄버그스테이크를 만들 때 소고기만을 사용했다.

하지만 루카스는 한국식 햄버그와 비슷하게 돼지고기를 섞어서 만든 듯 햄버그 자체만 먹었을 때는 묘하게 익숙한 맛이 느껴졌다.

다만 보통 소고기와 돼지고기를 1대1 비율로 섞어 만드는 한국식 햄버그와는 다르게, 소고기의 비율이 조금 더 많이 들어가 육향이 짙게 느껴진 듯했다.

햄버그스테이크를 반쯤 먹은 후에야 도진은 맥 앤 치즈로 포크를 움직였다.

'이렇게 간이 강한 요리를 동시에 먹다니.'

뭐가 무슨 맛인지도 모를 것 같아, 일부러 그나마 간이 덜한 햄버그스테이크를 먼저 먹은 뒤 맥 앤 치즈로 손을 옮긴 이유였다.

솔직히 말하자면 도진은 맥 앤 치즈를 썩 좋아하지 않았다.

도진은 간이 너무 강렬한, 정확히는 맛이 부담스러운 요리를 좋아하지 않았다.

그것은 프렌치 요리를 할 때도 그랬고, 한식을 만들며 그런 특성이 더욱 짙어졌다.

너무 강렬한 맛은 혀를 둔하게 만들어 다른 맛을 잘 느낄 수 없게 만들기 때문이었다.

그렇기에 맥 앤 치즈의 느끼한 맛이 부담스럽다고 생각했던 도진은 망설이며 한 입 떠먹었다.

하지만, 그 맛은 의외였다.

예상했던 것보다 느끼하지 않았기 때문이다.

이전에 먹어 왔던 맛과는 또 다른 맛이었다.

도진은 몇 차례 더 맥 앤 치즈를 먹어 보고는, 이내 결심한 듯 핸드폰을 들어 문자를 입력했다.

-혹시 오늘 하루 더 머물 수 있을까요? 궁금한 게 있습니다.

문자의 발신인은 이 숙소의 호스트인 '루카스'였다.

생각지 못한 이슈로 조금은 정신없는 아침을 보낸 루카스는 자신의 직장에 늦지 않기 위해 전력을 다해 뛰었다.

숨이 턱 끝까지 차올라 쓰러지기 직전쯤.

겨우 늦지 않게 일터에 도착한 루카스는 이마에 송골송골 맺힌 땀을 소매로 닦으며 문을 열자, 함께 일하는 동료가 그를 반겼다.

"여어, 오늘은 웬일로 이렇게 딱 맞춰 왔대?"

"말도 마, 아침부터 정신없었어."

"왜? 어제 게스트 온다고 일찍 들어가더니, 그거 때문에?"

루카스는 한숨을 푹 쉬며 동료에게 푸념을 늘어놓았다.

"그것 때문에 머리 아파. 게스트는 내가 함께 있는 숙소인 줄 모르고 잡은 것 같더라고."

오랜만에 한 달이나 예약한 장박 손님이라 좋아했더니, 다 환불해 주게 생겼다며 하소연을 한 루카스는 옷을 갈아입으며 장난스럽게 동료를 향해 말했다.

"나 너무 속상하니까, 네가 오늘 한턱 쏴야 해. 알겠지?"

"어림도 없는 소리를, 어제도 내가 쐈잖아! 사실 따지고 보면 이 맨해튼에 집이 있는 네가 나보다 부자 아니야?"

"무슨 그런 섭섭한 말을 해."

루카스는 정말로 서운하다는 표정을 지으며 말했지만, 사실 동료의 말도 틀린 것은 아니었다.

대부분이 월세를 들어 살고 있는 이곳 맨해튼에서 스물일곱이라는 어린 나이에 자가를 소유한 루카스의 케이스는 정말 특이한 경우였다.

하지만 그에게도 할 말은 잔뜩 있었다.

"알잖아, 할머니가 나한테 물려주신 유일한 자산은 그 집이랑 미각뿐이라니까. 내가 그 집을 사람이 살 만한 집으로 만들기 위해서 얼마나 공을 들였는데."

그가 홀로 살고 있는 맨해튼의 낡은 아파트는 루카스를 어린 시절부터 돌봐 주었던 할머니가 떠나며 남겨 주신 하나뿐인 유산이었다.

낡은 그 집은 오랫동안 할머니와 루카스가 함께 살았던 추억이 깃든 집이었지만, 너무 오랜 세월의 흔적이 흘렀던 탓에 손봐야 할 곳이 한두 군데가 아니었다.

덕분에 루카스는 상속세는 물론이고 집을 뜯어고치기 위해 막대한 돈을 들일 수밖에 없었고, 그 덕에 지금껏 모아 왔던 돈을 모두 탈탈 털어 쓸 수밖에 없었다.

그가 지금 이렇게 작은 방에 여행객들을 들일 수밖에 없는 것도 그런 이유 때문이었다.

"그래도 이번에 온 그 동양인은 꽤 괜찮을 것 같았는

데……."

루카스는 아쉬운 마음에 입맛을 쩝 다실 수밖에 없었다.

지금껏 그의 집을 거쳐 간 손님들은 정말 다양한 사람들이 많았다.

그리고 그중에는 정말 정상이 아니라고 말할 수 있을 만큼 특이한 사람도, 이상한 사람도 많았다.

그런 다양한 사람들을 겪으며, 루카스는 사람을 보는 눈이라는 게 생겼다.

한눈에 느껴지는 촉.

이번 게스트로 온 도진은 나쁘지 않을 것 같다는 생각이 들었다.

그런 촉이 느껴졌다.

게다가 오늘 아침 식사를 할 때 음식에 대해 묻는 진지한 태도로 보았을 때.

어쩐지 아침을 차려 주는 맛이 있을 것 같았다.

그렇기에 루카스는 도진이 떠난다는 것에 붙잡지는 않았지만, 아쉬움이 들 수밖에 없었다.

그런 루카스의 모습에 동료가 어깨를 두드리며 그를 위로했다.

"어쩔 수 없지. 끝나고 맛있는 거 살 테니 오늘도 한번 힘내 보자고."

"그렇지. 우리의 전쟁터가 눈앞에 있는데, 다른 생각할 틈은 없지."

어느새 깔끔한 흰색의 셰프복으로 갈아입은 루카스는, 동료와 함께 어깨동무를 한 채 자신의 전쟁터인 주방으로 발길을 옮겼다.

지이잉-.

자신의 핸드폰이 라커 안에서 외롭고 쓸쓸하게 울리는 것은, 꿈에도 모른 채로.

루카스에게 문자를 보낸 도진은 식사를 이어 갔다.

자신이 알고 있는 맥 앤 치즈는 치즈에 소금까지 뿌린, 강렬한 맛이었다.

심지어는 치즈를 녹이다 못해 졸여 만드는 것이 아니던가.

거기에 우유의 느끼함까지 한데 뭉치니, 응당 자신뿐만 아니라 매운맛을 즐기는 한국인에게는 쉬운 음식이 아닐 것이라고 생각했다.

맥 앤 치즈는 정확히 말하자면 마카로니 앤 치즈였다.

간단하게 설명하자면 버터와 치즈, 우유를 중심으로 마카로니를 졸여서 만든 요리.

일종의 미국식 떡볶이나 다름없었다.

매운맛 대신 느끼함을 잡은 떡볶이.

도진이 알고 있는 맥 앤 치즈는 그런 맛이었다.

하지만 루카스의 맥 앤 치즈에는 옅은 매운맛이 감돌았고, 상큼한 향 또한 들어가 있어 느끼함에 질리지 않고 먹을 수 있었다.

'이상하다?'

도진은 입안에 은은하게 퍼지는 후추 향에 고개를 갸웃거렸다.

아무리 보아도 후추가 들어갔다고 보기에는, 검은 가루가 조금도 묻어 있지 않았기 때문이다.

하지만 질문을 해도 대답을 해 줄 루카스는 지금 이곳에 없었기 때문에, 도진은 정답을 찾기 위해 주방을 서성일 수밖에 없었다.

'주인이 없는 주방을 둘러본다는 게 좀 불편하긴 하지만……'

궁금증을 참을 수 없었던 도진이었기에, 실례를 무릅쓰고 주방을 탐색하기 시작한 도진은 이내 조미료가 정리되어 있는 칸을 발견할 수 있었다.

그리고 깜짝 놀랄 수밖에 없었다.

'아니, 이게 다 뭐야?'

조미료가 들어 있는 칸에는 정말 다양한 종류의 조미료가 가지런히 정리되어 있었다.

소금과 설탕, 후추 등의 기본적인 조미료는 물론이고 히 말라야 핑크솔트에 잘게 부서진 레드 페퍼, 바비큐 소스와 다양한 종류의 시즈닝과 심지어는 굴소스, XO소스에 쯔유까지.

어지간히 요리에 관심이 있는 게 아니라면 이 정도로 조미료를 가지고 있지 않을 터였다.

그리고 도진은 그 사이에서, 자신이 남의 주방까지 뒤져보게 만든 궁금증의 해답을 찾을 수 있었다.

'백후추가 있다니!'

백후추는 후추 열매의 껍질을 벗긴 뒤 건조시켜 만든 흰색의 후추로, 결국 후추의 한 종류였다.

하지만 매운 맛을 내는 피페린 성분이 겉껍질에 많기 때문에 껍질째 말린 검은 후추보다는 매운맛이 덜했다.

연한 색의 소스나 요리에는 검은 후추가 적합하지 않기 때문에 외관을 위해 흰색 소스나 생선 요리에 백후추가 많이 사용되곤 했다.

하지만 이런 보통의 가정집에서는 그런 구분 없이 후추를 사용하는 게 보통이었다.

그렇기에 도진은 루카스가 맥 앤 치즈를 만드는 데 백후추를 사용했다는 것이 놀라웠다.

'무슨 일을 하는 사람일까? 혹시 요리사? 아니면 그냥 요리를 좋아하는 사람인가?'

루카스에 대한 궁금증은 여전히 커져 가고 있는 와중에도 도진은 손을 멈추지 않고 입안에 머금은 맥 앤 치즈의 맛을 음미했다.

혀끝과 입천장을 타고 흐르는 치즈의 향이 그리 거부감이 들지 않았다.

매운맛은 아무래도 백후추의 맛이라기보다는 머스타드의 맛인 듯했다.

치즈 끝에 걸린 허브 향은 꽤나 익숙하게 느껴지는 것이 파슬리인 듯했다.

그러나 신맛의 정체가 영 아리송했다.

'레몬이나 라임 같은 과일류는 아닌 것 같은데.'

그렇다고 식초의 향도 아니었다.

도진은 다시금 조미료가 들어 있는 칸으로 돌아가 신맛을 낼 만한 것이 없는지 찾았고, 이내 그 정체를 찾을 수 있었다.

'이거구나.'

도진의 손에 들린 것은 다름 아닌 우스터샤이어 소스였다.

한국인들에게는 우스터소스라는 이름으로 더 잘 알려진 소스.

양파나 당근, 샐러리 등 각종 채소를 끓여 만드는 우스터소스는 신맛과 짠맛을 갖고 있었다.

한국인 입장에서는 상당히 이국적인 향을 끌어내는 소스 중 하나였는데, 도진이 그것을 느끼지 못한 것은 아무래도 맥 앤 치즈의 치즈 향에 묻혔기 때문인 듯했다.

도진은 다시 한번 호스트인 루카스의 직업을 의심할 수밖에 없었다.

햄버그스테이크와 맥 앤 치즈의 레시피는 특별할 것은 없었다.

하지만 루카스는 그 평범한 레시피에 정말 조금 다르게, 자신의 스타일을 섞어 완전히 다른 맛을 이끌어 낼 수 있도록 만들어 냈다.

그냥 요리를 좋아하는 사람일 수도 있지만, 도진은 어쩐지 루카스가, 요리를 하는 사람일 거라는 직감이 강렬하게 들었다.

그리고 다시 한번.

답장이 없는 그에게 꽤 오랜 시간 타자를 쳐 완성해 낸 문자를 보내고는, 아침 식사의 흔적을 치우기 시작했다.

평소보다 늦은 출근으로 인해 아침부터 자신이 준비해야 했던 프랩들을 정신없이 처리하고 손님들의 주문을 쳐 낸 루카스는 점심시간이 조금 지나고 나서야 한숨을 돌릴 수 있었다.

"정말, 여기서 일하게 된 것은 행운이 맞지만 이렇게 힘들 때면 조금 후회가 돼."

"후회된다면 관두는 것도 나쁘지 않지."

"어디 그런 말도 안 되는 소리를. 여기에 어떻게 들어왔는데."

"그것도 맞지, 그래도 너는 내일 휴무잖아."

루카스의 동료는 자신은 지난주에 3일이나 쉬어서 이번 주는 쉬는 날이 없이 일해야 한다며 한숨을 푹푹 내쉬었다.

바빠도 너무 바쁘다며 푸념을 늘어놓으면서도 두 사람이 쉽게 이곳을 떠나지 않는 이유는 단 하나였다.

이곳이 바로 미슐랭 3스타의 맨해튼 유명 프렌치 파인다이닝 'itself'였기 때문이다.

실제로 이곳은 무급 스타쥬로라도 일하고 싶어 일주일에 수십 개의 이력서가 들어올 정도로 많은 이들이 선망을 가진 파인다이닝이었다.

그만큼 이곳의 주방에서 일하게 되면 많은 것을 배울 수 있는 곳이기도 했다.

루카스는 그런 이곳에서 무려 3년째 일하고 있는 라인쿡이었다.

이전의 다른 레스토랑에서의 경력까지 합하면 스물일곱의 나이에 10년의 경력을 가진 그였기에, 이런 유명 파인다이닝의 라인 쿡으로 일하고 있다는 것은 전혀 이상할 일이 아니었다.

오히려 왜 그보다 더 높은 자리에 오르지 못했냐는 의문이 들어야 하는 것이 마땅했다.

그도 그럴 것이 루카스의 실력은 주변의 다른 동료들이 보기에도 훌륭했기 때문이다.

"너 정도는 소시에르나 수 셰프 정도는 거뜬할 텐데."

그런 말을 하는 족족 루카스는 손사래를 쳤지만, 사실 실제로 셰프에게 그런 제안을 받기도 했다.

하지만 루카스는 번번이 그 제안을 거절했다.

"저는 아직 준비가 덜 된 것 같아요."

변명일 뿐이었지만, 그의 진심이기도 했다.

수 셰프의 자리를 맡게 되면 자신이 책임져야 할 것이 더 많아질 텐데, 루카스는 자신이 그 자리를 감당할 수 없을 것이라는 생각 때문이었다.

'그냥 이 정도 자리에서 머무는 게 제일 마음이 편해.'

그렇게 생각한 루카스는 오늘도 무사히 점심 장사를 마친 뒤.

잠깐의 휴식 시간 동안 도진에게 무사히 환불 처리를 해 주기 위해 핸드폰을 가지러 라커로 향했고.

이내 자신의 핸드폰에 와 있는 문자를 확인할 수 있었다.

알 수 없는 번호로 온 문자였지만, 루카스는 그것이 누가 보낸 것인지 단숨에 알 수 있었다.

—혹시 오늘 하루 더 머물 수 있을까요? 궁금한 게 있습니다.

　누가 보아도 자신의 게스트인 도진이 보낸 게 분명한 내용
이었다.
　그리고 그 밑으로 이어진 또 다른 장문의 문자에 루카스는
긴장되는 마음으로 문자를 찬찬히 읽어내려 갔고.
　이내 그의 시선이 마지막 문장에 도달했을 때쯤, 그는 입
을 떡 벌린 채 그저 놀라움과 당황스러움이 섞인 표정을 지
을 수밖에 없었다.
　그리고 그는 놀란 마음을 심호흡으로 진정시킨 뒤.
　도진에게 답장을 보냈다.

　—물론이죠. 당신이 머물고 싶다면 얼마든지 환영입니다. 그런데 혹시
제가 요리사인 건 어떻게 아셨죠?

사소한 오해(1)

만족스러운 얼굴로 아침 식사를 마무리한 도진은 자신의 흔적을 치운 뒤.

오늘의 계획을 정리하기 시작했다.

당장 오늘은 루카스에 대한 호기심과 더불어 당장 새로운 숙소를 구하기 힘들었기 때문에 그에게 하룻밤 더 묵겠다고 했지만…….

그렇다고 생판 모르는 사람과 숙소를 함께 쓰기에는 부담스러움이 클 수밖에 없었다.

며칠, 몇 주가 아닌 거의 두 달 가까이 되는 기간이었기 때문에 두 달 동안 하나의 숙소를 잡는다는 것은 쉽지 않은 일이었다.

'어쩐지 예약이 텅 비어 있더라니.'

다들 설명을 꼼꼼히 읽고, 호스트와 함께 집을 써야 한다는 것 때문에 예약을 안 한 것이 분명했다.

자신이 이런 멍청한 실수를 할 줄은 생각도 못 했던 도진은 그저 어처구니가 없었다.

'아무리 급하게 일정을 짰어도 이런 실수를 할 줄이야.'

하지만 이미 벌어진 일이니 어쩔 수 없는 노릇이었다.

오늘 당장 도진이 해야 할 일은 단 두 가지였다.

새로운 숙소를 구하는 것, 그리고 스타쥬로 일할 곳을 찾는 것.

당장 급한 것은 새로운 숙소를 구하는 것이었지만, 오늘은 루카스의 집에서 하룻밤 더 묵는다고 했으니 큰 문제는 없었다.

정 힘들다면 호스텔을 잡는 방법도 있었다.

'화장실과 샤워실이 공용인 게 흠이지만⋯⋯.'

오롯이 혼자 방을 사용할 수 있다는 부분은 물론이고, 장기 숙박으로 이곳저곳 방을 옮겨 다니지 않아도 된다는 것이 만족스러울 터였다.

가장 큰 문제는 스타쥬였다.

미국으로 오기 전, 일정을 준비하던 도진은 한국에서부터 맨해튼 곳곳의 유명한 레스토랑과 파인다이닝에 스타쥬로 일하고자 하는 의사를 내비친 이력서를 보냈다.

천재셰프
회귀하다

하지만 단 하나의 회신도 돌아오지 않았다.

'그럴 수밖에 없지.'

그들이 보기에도 터무니없는 이력서일 수밖에 없었다.

요리를 전공한 것도 아니고, 국내 몇 개의 대회 수상 이력과 함께 차근차근 주방에서의 경력을 쌓아 올린 것도 아닌 주방 체계와 상관없이 곧바로 셰프로 일했던 경력까지.

심지어 나이도 어린 동양인 꼬마의 이력서는 충분히 장난스럽게 여겨질 만했다.

보통의 기준으로 생각해 보았을 때는 말도 안 되는 일이었기 때문이다.

그렇기에 도진은 이력서를 메일로 보내면서도, 과연 회신이 올까 생각했고.

그것은 현실이 되었다.

예상했던 일이었지만, 새삼스럽게 직접 겪으니 가슴이 아픈 일이었다.

하지만 이럴 줄 알고 도진은 이미 직접 이력서를 넣기 위해 여러 부의 이력서를 출력해 온 상태였다.

오늘 하루는 여러 곳을 돌며 이력서를 넣고, 앞으로 머물 수 있는 숙소를 찾아볼 생각이었다.

도진이 미국의 수많은 곳 중 이곳 뉴욕을 선택한 가장 큰 이유는 이곳에 미슐랭 3스타의 가게가 다섯 군데나 있다는 것이었다.

그중에서도 가장 궁금했던 것은 '르 베르나르댕'이었는데……

미슐랭 스타 3개와 뉴욕 타임즈 스타 4개를 유지한 뉴욕 자타공인 최고의 프렌치 해산물 요리 식당이었기 때문이다.

프렌치이면서도 해산물 요리에 강한 곳이었던 '르 베르나르댕'에서 꼭 한 번쯤은 식사를 해 보고 싶었다.

어떻게 하면 한 자리에서 30년이 넘는 시간을 지키고 있을 수 있었을까.

특히 턴 오버, 그러니까 매장의 개업과 폐업이 잦은 뉴욕에서도 30년이 넘도록 최고 레스토랑의 지위를 유지하고 있는 곳이었다.

그래서 사실 고기 요리는 아주 약간만 있을 뿐이고 거의 모든 메뉴가 해산물로만 되어 있어 어떤 이들에게는 맞지 않을 수도 있었지만.

이렇게 오랜 시간 명성을 유지하고 있다는 것은 그만큼 대단하다는 뜻이기도 했다.

그렇기에 도진이 미국행을 결정하며 가장 먼저 한 것은 '르 베르나르댕'의 예약을 잡는 일이었다.

짐을 챙겨 밖으로 나온 도진은 예약해 둔 런치 시간이 되기 전까지, 근처를 돌아다니며 숙소를 구해 볼 생각이었다.

하지만 역시나 예상대로.

"2주는 가능할지 몰라도 두 달은 이미 다른 예약이 다 차

있어서 힘들어요."

"중간에 방을 바꿔야 하는 일이 있을 것 같은데 괜찮을까
요?"

"한 달까지는 가능할 것 같은데, 우선 한번 알아보고 연락
드리죠."

두 달이나 되는 시간 동안 장기 숙박을 이렇게 갑작스럽게
받아 주는 일은 흔치 않았다.

심지어는 믿었던 호스텔마저 중간에 예약이 모두 차 있는
날은 방을 비워 줘야 한다는 말을 했다.

한숨을 푹 내쉰 도진은 결국 마땅한 소득 없이 시간을 흘
려보내고는, 예약해 둔 런치 시간에 맞춰 '르 베르나르댕'으
로 향할 수밖에 없었다.

자칫 지나치기 쉬운 평범한 외관의 '르 베르나르댕'의 입구
앞에서, 도진은 반가운 얼굴에게 인사를 건넸다.

"이랑 누나, 오랜만이네요."

"완전히! 여기서 보니까 또 색다른걸. 정장을 입고 있어서
그런가?"

〿 늘 〿가실까요?"

원래는 홀로 방문할 예정이었지만, 마침 도진이 뉴욕에 가

기 위해 이랑에게 이것저것 물어보던 중.

이랑 또한 그 시기에 휴가로 집에 방문할 예정이라는 것을 알게 되어 함께 식사하게 되었다.

들어서자 홀 매니저로 보이는 이가 도진을 반겼다.

예약을 확인한 도진과 이랑에게 매니저는 짐을 맡길 것이냐고 물었고, 이랑은 가볍게 걸치고 있던 겉옷을 매니저에게 건넸다.

그는 도진에게도 물어 왔지만, 자신은 괜찮다며 가지고 온 가방을 고이 손에 든 채 사양하는 의사를 표했다.

'이력서가 여기 있으니, 가지고 있는 게 낫겠지.'

도진의 말에 매니저는 미소를 지으며 자리를 안내해 주겠다고 말했다.

'르 베르나르댕'은 단품 요리와 간단한 코스를 먹을 수 있는 라운지 홀과 코스 요리를 먹을 수 있는 메인 홀이 나뉘어져 있었다.

도진은 그중에서도 코스 요리를 먹을 수 있는 메인 홀로 예약을 잡을 수 있었다.

'원래는 예약 잡기가 전쟁이라던데 운이 좋았지.'

특히 메인 홀 같은 경우는 대부분이 3, 4인석이었기 때문에, 이랑과 함께 방문할 예정이었던 도진이 예약에 성공한 것은 그야말로 천운이나 마찬가지였다.

안내받은 자리에 앉자 서버가 식기를 세팅해 주며 메뉴판을 건네주었다.

도진은 메뉴를 받자마자 셰프 테이스팅 메뉴로 2인, 괜찮은 화이트 와인 반병, 그리고 생수를 달라고 말했다.

오기 전부터 생각해 둔 코스였기 때문에 주문에는 망설임이 없었다.

그리고 드디어 이랑과 제대로 대화를 나누기 시작했다.

"진짜 너무 오랜만에 보는 것 같아요. 요즘 일은 어때요?"

"바쁘고 정신없기는 한데 그래도 재미있어. 도진이 너는? 갑자기 잘하던 파인다이닝을 두고 왜 미국에서 스타쥬를 하려는 거야?"

"그냥, 이번에 표절 사건도 있었고, 생각이 많아져서요. 좀 쉬면서 새로운 경험을 더 해 보고 싶었어요."

"그래도 이렇게 갑자기 새로운 선택을 한다는 게 쉬운 일은 아닌데, 너도 정말 대단하다."

근황에 대한 얘기를 나누던 두 사람 사이에 홀 서버가 끼어들었다.

"실례하겠습니다. 아뮤즈 부쉬인 연어 리예뜨과 바게트 칩입니다."

아뮤즈를 식탁에 내려놓은 서버가 뒤로 빠지자, 곧바로 옆에 서 있던 또 다른 홀 서버가 다가와 그들에게 물과 와인을 세팅해 주었다.

빠르지만 정확하고 군더더기 없는 모습에 도진은 이 정도는 되어야 미슐랭의 3스타를 받는구나 라는 생각을 했다.

곧이어 식전 빵과 가염 버터가 나왔지만, 도진은 작은 빵 두 개를 골라 적당히 맛보고 손을 내려놓았다.

맛은 있었지만, 지금부터 빵으로 배를 채우면 앞으로 나오는 코스를 제대로 맛볼 수 없었기 때문이다.

그리고 이윽고, 에피타이저인 첫 번째 메뉴가 세팅되었다.

도진은 '르 베르나르댕'의 시그니처 메뉴인 참치를 골랐다.

나뭇잎 모양으로 얇게 저민 참치 밑에 푸아그라와 바삭하게 구운 네모난 바게트가 함께 서빙이 되었다.

나뭇잎과도 같은 모양의 접시 모양에 맞춰서 나온 음식의 모습은 신비로웠다.

'플레이팅을 어떻게 이렇게 접시 모양에 맞춘 거지?'

심심한 의문과 함께 도진은 조심스럽게 포크와 나이프를 들었다.

참치 자체의 맛이 진하게 느껴지는 것과 동시에 너무 부드러워 심심할 수 있는 식감을 바게트가 살려 주었다.

입안에서 어우러지는 요리의 맛에 도진은 미소를 지었다.

시그니처라고 불리는 이유가 있었다.

'전체적인 맛의 밸런스가 너무 잘 맞아.'

새로운 디시가 나올 때마다 도진은 눈과 입이 즐거워지는 기분이 들었다.

천재셰프
회귀하다

크리미한 소스와 함께 나온 랍스터 메뉴는 소스는 물론 굽기가 환상적이었고, 오이스터 캐비어가 올라간 차완무시 스타일의 계란찜, 새우구이 위에 트러플과 발사믹소스가 적절하게 조화를 이루는 것은 물론이었다.

몇 개의 코스가 이어지고.

곧이어 메인 메뉴가 나왔다.

도진이 가장 기대하고 있던 요리 중 하나인 도버 서대기(Dover Sole)였다.

가자미의 종류 중 하나인 도버 서대기는 뛰어난 향미와 다양한 조리법으로 유명했는데, '르 베르나르댕'의 메뉴 중 이것이 있다는 말에 한껏 기대를 품은 채였다.

넓은 타원형 접시 중앙에 잘 구워진 도버 서대기를 보자 도진은 침을 꼴깍 삼킬 수밖에 없었다.

한껏 기대되는 마음으로 포크를 집던 도진은 순간적으로, 자신을 부르던 이랑의 말에 고개를 들었고.

"그래서 도진이 너 스타쥬 할 곳은 구했어?"

"네?"

그와 동시에 손에 쥐려던 포크를 그만 놓치고 말았다.

"이런……."

떨어진 포크를 난감하게 쳐다보던 도진은, 그 작은 행동이 어떤 오해를 불러일으키게 될지는 상상치도 못한 채였다.

여느 때와 다름없이 일하던 홀 서버는 심상치 않은 주문에 놀란 마음을 다독이며 주방에 주문을 알렸다.

"남, 여 손님 두 분인데 시그니처에 와인 반병 그리고 생수를 시켰어요. 젊은 외관이던데 혹시나 미슐랭은 아니겠죠?"

그의 말에 수 셰프는 잠시 귀를 기울이는 듯했으나, 이내 의식하지 않는다는 듯 고개를 획 돌리며 말했다.

"미슐랭이든 아니든, 우리는 똑같이 내가면 되는 일이야. 신경 쓰지 말고 할 일 해."

단호한 셰프의 말에 서버는 멋쩍은 표정을 지었지만, 어쩐지 찝찝한 느낌을 지울 수는 없었다.

어쩔 수 없이 혼자만의 의심을 가진 채 테이블을 예의주시하던 서버는 잠시 주방에 다녀온 사이.

자신이 보고 있던 도진의 테이블 아래에 포크가 떨어져 있는 것을 확인했다.

그는 빠르게 새로운 포크를 가지고 도진의 테이블로 다가갔다.

"여기 있습니다."

그는 포크를 건네며 도진의 테이블을 다시금 예의 주시했다.

무언가를 적었던 것이 분명한 듯한 메모장이 소파 옆에 놓여 있었고, 그의 발밑에는 서류 가방이 있었다.

깔끔한 정장 차림의 남자는 젊어 보였지만, 동양인이었으니 자신의 생각보다 더 나이가 들어 있을 수도 있었다.

하나의 작은 의심은 생각이 더해지자 점점 더 커졌고, 이윽고 자신만의 결론에 도달한 서버는 주방으로 달려가 수 셰프에게 확신의 찬 목소리로 말했다.

"셰프! 그 테이블, 발밑에 포크를 떨어트렸어요!"

완벽한 오해가 만들어지는 순간이었다.

다음 권으로 이어집니다

꿈의 도약, 로크에서 하십시오
(주)로크미디어에서 신인 작가를 모십니다

즐거운 세상, (주)로크미디어는 꿈을 사랑하고 도전을 두려워하지 않는 작가분들의 참신한 작품을 기다리고 있습니다. 21세기 장르 문학계를 이끌어 갈 차세대 선두 주자 (주)로크미디어에서 여러분의 나래를 활짝 펴 보시길 바랍니다.

모집 분야 판타지와 무협을 포함한 장르 문학
모집 대상 아마추어 작가, 인터넷 작가
모집 기한 수시 모집

작품 접수 시 유의 사항

1. 파일명은 작가명_작품명.hwp 형식을 갖춰 주십시오.
1. 파일에 들어갈 내용은 다음과 같습니다.
   − 성명(필명인 경우 실명을 밝혀 주세요), 연락처, 이메일 주소.
   − 제목, 기획 의도.
   − A4용지 1장 분량의 등장인물 소개.
   − A4용지 2장 분량의 전체 줄거리.
   − 본문.
1. 작품이 인터넷에 연재되고 있다면, 게시판명과 사이트의 구체적이고 정확한 주소를 기재해 주십시오.

선택된 작품은 정식 계약 후 출판물로 간행되어 전국 서점에 유통됩니다.
작가분은 (주)로크미디어의 전폭적인 지원하에 전속 작가로 활동하시게 됩니다.
※ 자세한 내용은 로크미디어 홈페이지(rokmedia.com)를 참조하세요.

(04167)서울시 마포구 마포대로 45 일진빌딩 6층
(주)로크미디어 편집부 신간 기획 담당자 앞
전화 : 02)3273-5135
www.rokmedia.com   이메일 : rokmedia@empas.com